中国古典诗词精品赏读

辛弃疾

刘中昧　著

五洲传播出版社

图书在版编目（CIP）数据

辛弃疾 ／ 刘中昧著 . -- 北京 ：五洲传播出版社，2015.10

（中国古典诗词精品赏读书系）

ISBN 978-7-5085-3260-8

Ⅰ . ①辛… Ⅱ . ①刘… Ⅲ . ①辛弃疾（1140～1207）-宋词

-诗歌欣赏 Ⅳ . ① I207.23

中国版本图书馆 CIP 数据核字 (2015) 第 252628 号

出 版 人	荆孝敏
著　者	刘中昧
责任编辑	王　峰　王　莉
图片编辑	蔡　程
装帧设计	紫航文化

出版发行	五洲传播出版社
地　　址	北京市海淀区北三环中路31号生产力大楼B座6层
邮政编码	100088
电　　话	010-82005927 82007837（发行部）
网　　址	www.cicc.org.cn www.thatsbooks.com
制　　作	北京紫航文化艺术有限公司
印　　刷	北京凯德印刷有限责任公司
版　　次	2017年6月第1版　2017年6月第1次印刷
开　　本	710mm×1000mm　1/16
印　　张	10.75
字　　数	150千字
书　　号	ISBN 978-7-5085-3260-8
定　　价	49.80元

编者的话

　　中国在历史上是一个"诗歌的国度"，古典诗词是中国传统文化的珍宝。早在三千年前，我们的祖先就创作出了以"诗三百"为代表的优秀诗篇。此后每个历史年代，诗歌创作都结出丰硕的成果，其中不少名篇名句，脍炙人口，传诵至今。这套"中国古典诗词精品赏读"书系，选取了历史上最具代表性的诗人、词人的优秀作品，并加以详尽通俗的译注、评解，试图由此将古代中国人创造的最可珍贵的文化瑰宝介绍给当代海内外读者。

　　以"国风"为代表的《诗经》和以《离骚》为代表的楚辞，无论是在思想内容上还是在艺术手法上，都对中国后世诗坛产生了深远影响。中国诗歌至唐代而达到高峰，呈现出后人所称誉的"盛唐气象"和"少年精神"，而从李白、杜甫等诗人身上，从他们留下的诗歌中，不难看出"风""骚"以来优秀传统的回响。他们都有强烈的现实关怀，关注国家、社会、民生等问题；而这种主题，往往是诗人通过自己的人生境遇和心灵历程去感悟，通过描绘自然界山川万物、人间世事民情来体现的。在唐诗的辉煌之后发展起来的宋代诗歌，成就也相当高，但最能表现此年代文学特殊成就的是词。宋代优秀的词家把这种长短句诗体运用到出神入化的地步，那或慷慨激昂、或委婉凄清的词作，今天读来仍有强烈的艺术感染力。可以说，唐诗宋词是中国文学史上最有神采的篇章。本书系介绍的诗人、词人，如东晋的陶渊明，唐代的李白、杜甫、王维、白居易、李商隐，五代南唐的李煜，宋代的苏轼、李清照、辛弃疾等，都是中国诗歌史上耀眼的星座。

中国古代诗歌注重抒情、写景，善于表现友情、亲情、爱情、乡情，以及其他复杂细微的个人情感。这形成中国诗歌又一个强大的传统。在儒家思想影响下，中国诗歌几乎从一开始就具有"发乎情，止乎礼义"的特点，情感的表达比较克制、内敛、含蓄，有别于西方的诗歌风格。与此同时，中国诗人们又强调"含不尽之意见于言外"，善于通过各种艺术手法传达言外之意，给读者以无穷的回味、想象空间。古代诗词中的优秀之作往往写得深情宛转，富于形象性和音乐性，诵读这些诗词，可以受到多层次的艺术感染和美的熏陶。古典诗词还善于表现自然之美及人与自然的融合。古人常说"诗中有画，画中有诗"，本书系中的每首作品，都配以与诗词意境相呼应的优秀传统中国画。由此，本书系的每一本书不仅引导读者欣赏、涵泳中国古典诗歌佳作，同时也带着读者一起领略中国传统绘画的魅力。通过欣赏这些诗、画，可以更深刻地领悟到中国古代艺术作品中的诗情画意，品味其艺术之美。

除了"诗情画意"的特色外，本书系以各位诗人、词人单独成册，以更清楚地展示其不同的个性和艺术风格；各分册包括诗人小传与作品赏析两部分。对每篇作品的赏析，又分为题解、句解、评解三个章节：题解交代创作背景；句解用现代语文对诗词进行逐句意译，对某些难懂的字词作注释；评解部分则提要钩玄，对作品特色进行点评。我们的本意，首先是帮助读者减少阅读中的文字障碍，继而是理解诗词的思想内容、艺术特色和写作技巧。

中国古代经典诗篇把汉语升华到至美至纯的境界，足以使每个中国人感到自豪。这些作品是联接所有炎黄子孙思想、情感的文化纽带，无论身在国内，还是身在海外，优秀的诗歌对读者的感召力都是相通的。一个喜爱祖国传统文化的人，可能会不断地接触和学习祖先的这些遗产。久而久之，这些优秀文化中的一部分会积淀下来，构成每个人头脑中一道美丽的艺术长廊，不断给人以教益、激励和艺术享受。我们期望，本书系所介绍的诗词名篇能够成为这道艺术长廊的组成部分。

本书系所介绍的诗人、词人，都各有很多传世名篇，限于篇幅，书中每人只选取了二三十首代表作品。限于编辑水平，书中会有种种不尽如人意之处，敬请读者朋友提出宝贵意见。

目 录
CONTENTS

2　辛弃疾简介

13　念奴娇（我来吊古）

21　青玉案（东风夜放花千树）

27　水龙吟（楚天千里清秋）

33　太常引（一轮秋影转金波）

39　菩萨蛮（郁孤台下清江水）

43　满江红（过眼溪山）

49　摸鱼儿（更能消几番风雨）

55　丑奴儿（少年不识愁滋味）

61　丑奴儿近（千峰云起）

67　清平乐（绕床饥鼠）

71　清平乐（茅檐低小）

75　清平乐（连云松竹）

79　八声甘州（故将军饮罢夜归来）

85　贺新郎（老大那堪说）

93　破阵子（醉里挑灯看剑）

99　西江月（明月别枝惊鹊）

103　水龙吟（举头西北浮云）

109　沁园春（叠嶂西驰）

115　水调歌头（我志在寥阔）

123　西江月（醉里且贪欢笑）

129　鹧鸪天（壮岁旌旗拥万夫）

135　贺新郎（甚矣吾衰矣）

143　贺新郎（绿树听鹈鴂）

149　南乡子（何处望神州）

155　永遇乐（千古江山）

辛弃疾

中国古典诗词精品赏读

辛 弃 疾 简 介

　　辛弃疾，字幼安，宋高宗绍兴十年（1140）出生于山东济南府历城县。

　　在此之前，宋钦宗建康二年（1127），金国攻陷北宋都城汴京，北宋灭亡。逃到南方的皇族赵构在临安（今杭州）重建政权，是为南宋。先天不足的南宋小朝廷虽然暂时在南方站住了脚跟，却始终面临着金兵南侵的危险。由于统治者的怯弱无能，收复失地、统一中原更是困难重重。辛弃疾出生之时，他的家乡山东地区已经沦陷于金人之手长达十三年。

　　父亲早亡的辛弃疾从小便跟随祖父生活。辛弃疾的祖父辛赞是一位爱国士大夫。金兵入侵时，由于家族人口众多，辛赞无法脱身南下，只好留在济南，后来又不得已出仕金国。但他内心一直希望有机会"投衅而起，以纾君父所不共戴天之愤"。他将这一希望寄托在孙子身上，为其取名"弃疾"。"弃疾"，正是"去病"之意。西汉有名将霍去病，六次率军击败匈奴，解除了自汉初以来匈奴对汉朝的威胁。辛赞希望孙子能够像当日的霍去病一样，为今日之宋朝驱除金兵，解除危难。

辛弃疾少年时，祖父便常常带着他"登高望远，指画山河"。在他十四、十八岁时，又两度让他前往金国首都附近的燕山考察军情。祖父的教育、引导在少年辛弃疾的心中播下了爱国思想的种子。而他目睹沦陷区人民的悲惨生活，更加深了对侵略者的仇恨。这一切，使辛弃疾很早就立下了恢复中原、报国雪耻的大志。在这个风起云涌的时代，他迅速成长为一位出类拔萃的青年英雄。

绍兴三十一年（1161）夏，金主完颜亮大举南侵。这期间，在已经沦陷的北方地区，汉族人民纷纷聚众起义，抗金斗争如火如荼。二十二岁的辛弃疾也毅然举起抗金义旗，在济南南部山区聚集了一支二千多人的队伍。不久，他率众投奔由耿京领导的山东最大的一支起义军，在军中担任掌书记。任职不久，他果断地追杀叛徒，赢得了耿京的信任和器重。

绍兴三十一年（1161）十一月，金人内讧，完颜亮被部下杀死，金兵撤回北方，新的金国统治集团成立。面对义军即将被各个击破的危急形势，辛弃疾极力说服耿京归附南宋朝廷，与宋兵共同抗金。次年正月，他奉耿京之命南下，奉表归宋。宋高宗在建康（今南京）接见了他们，表示承认义军的合法地位。

不料，就在辛弃疾成功完成使命之时，起义军中张安国叛变，勾结金兵杀害了耿京。辛弃疾在北归途中听闻此讯，迅即率领五十多人马，急驰数百里，突袭济州（今山东巨野），在五万金兵营中活捉张安国，并劝服营中耿京旧部上万人起义。辛弃疾带着这上万人摆脱金兵追赶，昼夜疾驰到达建康，将张安国斩首示众。年轻的辛弃疾成为了传奇英雄，南宋朝野为之震动："壮声英概，懦士为之兴起，圣天子一见三叹息。"（洪迈《稼轩记》）

之后，辛弃疾被委任为江阴军签判，开始了他在南宋的仕宦生涯。这个并不理想的开头，似乎已经预示了他后半生倾尽全力，却始终壮志难酬的悲剧命运。

辛弃疾南归后的第二年，南宋朝廷在张浚的主持下出兵北伐，最终失败，与金签订了屈辱投降的"隆兴和议"。从此，主和派重新当权，在长达四十多年的时间里，南宋朝廷对金一直俯首称臣，不敢言战。辛弃疾的大半生，就生活在这悲哀的四十多年里。

在低迷、压抑的政治环境中，辛弃疾的抗金主张和复国言论始终不被统治者采纳。不仅如此，来自沦陷区的他还不断受到朝廷中人的猜疑、歧视、排挤。当权者明知他才识超群，却不肯重用。这样，辛弃疾南归后的第一个十年始终沉于宦海底层，先后担任江阴军签判、广德军通判、建康府添差通判、司农主簿等一系列无关紧要的"佐贰之职"。辛弃疾满腔热情投归南宋，却遭受如此待遇，这是他始料未及的。无奈的他不免在词中发发牢骚："不念英雄江左老，用之可以尊中国。"（《满江红》"倦客新丰"）

尽管沉于下僚，辛弃疾却"位卑未敢忘忧国"。这期间，凭着对南北政治、军事形势的深刻了解，辛弃疾不断为朝廷北伐之事献计献策。其中最著名的，是他于乾道元年（1165）上给宋孝宗的《美芹十论》和乾道六年（1170）上给宰相虞允文的《九议》。这两篇政论全面分析了当时的敌我形势和进取方略，并提出了一系列具体的强国措施，显示了辛弃疾经邦济世的非凡才能。然而，这些策论并没有引起统治集团的重视，反倒在文人士大夫中广为传播，赢得了许多爱国人士的共鸣和赞誉。

乾道八年（1172），辛弃疾出任滁州（今属安徽）知府，开始了他南归后第二个十年的仕宦生涯。他宽征薄赋，招收流民，恢复生产，训练民兵，实行屯田，使荒凉落后的滁州很快就面貌一新。这之后，他又连续担任了好几个州、府、路的行政长官，职位较前十年有了提升。

在地方任上，辛弃疾恪尽职守。他任江西提点刑狱，三个月平息茶商武装叛乱；任江陵知府兼湖北安抚使，讨平农民暴动。辛弃疾做这些事时，手段比较狠辣，但他的内心却是矛盾的。他曾上书朝廷，指出老百姓上山为"盗"的真正原因是官逼民反，要想平息人民的暴动，就必须严肃官纪。

面对辛弃疾卓著的政绩，南宋朝廷却加强了对他的防范，频频调动其职务，以免他在一个地方时间久了，会培植起个人势力。湖北任上两年后，辛弃疾被支到湖南，任潭州（今长沙）知府兼湖南安抚使。在那里他兴修水利，赈济饥民，整顿乡社，创建飞虎军，雄镇一方。一年之后，又被调离，改任南昌知府兼江西安抚使。

辛弃疾针对当时社会弊端，在地方大刀阔斧地整顿史治，打击豪强，触动了某些特权阶层的利益，引起了不少官僚的不满乃至嫉恨。淳熙八年（1181）冬，他被人罗织罪名，弹劾免职。对这样的结果，辛弃疾自己也早有预料。两年之前他就曾说："生平刚拙自信，年来不为众人所容，顾恐言未脱口而祸不旋踵。"

罢官后的辛弃疾在江西上饶带湖闲居，以"稼"名轩，自号稼轩居士。他在这里一住就是十年。这十年是作为英雄的辛弃疾失意的十年，也是作为词人的辛弃疾艺术创作大丰收的十年。

回顾辛弃疾南归以来，虽一心抗金复国，却被束缚在后方的大小事务上；虽在地方尽职尽责，准备大有作为，却遭诬陷弹劾，不得不闲居度日。报国无门，壮志难酬，这怎能不叫他愤恨叹息？他不能像陶渊明那样躬耕田园，悠然自足；也不能像苏轼那样看透宇宙人生，对一切坦然待之。虽然在带湖的生活表面上淡泊平静，但他的内心却时时块垒难平，因为他始终无法忘记国家的危难、人民的痛苦，也无法忘记自己年少时立下的雄伟志向。于是，词便成了他最好的抒泄工具。他将自己的爱国热忱、英雄情怀，以及壮志难酬的悲苦怨愤，都一并寄托于词中。他的词不是无病呻吟，不是文字游戏，而是他痛苦灵魂的真实再现。尽管辛弃疾在南归后的第一个十年就创作了不少脍炙人口的词篇，但只有在带湖的十年中，他才真正从一个政治家、军事家变为了一个文学家。

当然，恬静的田园生活也让苦闷的他偶尔忘掉忧愁。他在词中写带湖附近的亭台楼阁、山水花木，写乡村的田园景致、风俗人情。他笔下的农家生活快乐悠闲，是特意选择的素材，也寄托着他希望人民安居乐业的理想。

宋光宗绍熙三年（1192），经过十年等待的辛弃疾突然被起用为福建提点刑狱。他欣然前往上任。半年后，因原任安抚使去世，他受命兼任福建安抚使。次年春，他奉诏到达临安，受到宋光宗召见。奏对中，他就长江上游的军事防御布置问题提出了自己的精辟见解，但依然没有受到重视。之后，他被留在临安做太府少卿。为期仅半年，便又被派回福建，任福州知州兼福建安抚使。

回到福建后，辛弃疾全力改革弊政，并开始扩军练军，准备把福建地方军队建成像当年湖南飞虎军一样的雄师劲旅。这一系列措施又招来了既得利益者的不满。重回福州不到一年，他被人诬为"残酷贪饕"，再度弹劾罢官。五十五岁的他只能悲唱着"元龙老矣，不妨高卧，冰壶凉簟"（《水龙吟·过南剑双溪楼》），回到江西农村。

祸不单行，回家不久，辛弃疾在带湖的住宅不幸失火，房屋被毁。于是他将家迁到铅山县瓢泉。他在瓢泉的生活，与以前闲居带湖时差不多，终日在游山玩水、纵酒填词中消磨时光。生性豪爽的他本就好饮，这下更时时借酒浇愁，以至"一饮动连宵，一醉长三日"。

辛弃疾在瓢泉的第二次退闲生活，长达八年之久。这期间，他留下了大量词作，数量和带湖时期差不多，不同的是，此时的他更加失望悲愤，作品的感情基调也更加沉郁忧伤。他时常在作品里回忆自己青年时代的抗金经历，缅怀自己的壮志豪情。虽然对现实充满了怨恨，但他抗金复国的理想却依然没有破灭。

宋宁宗嘉泰三年（1203），六十四岁高龄的辛弃疾再次被起用为绍兴知府兼浙东安抚使。接到诏令后，他"不以久闲为念，不以家事为怀，单车就道，风采凛然"（黄榦《与辛稼轩侍郎书》），立即赴绍兴就任。

这次起用他的是当时宰相韩侂胄。为筹划北伐，韩侂胄需要起用一些主张抗金的元老重臣以造声势，辛弃疾便成了他的一个筹码。嘉泰四年（1204），辛弃疾应召入朝。然而，宁宗和韩侂胄召见他，并不打算把他留下来主持用兵大计，只是采其名望为北伐装点门面。很快，辛弃疾被派往镇江任知府。

虽对自己不能参与前线抗金战事愤恨不平，辛弃疾到达镇江之后，仍在这一对敌用兵的要冲之地积极备战，很快建立起一支万人劲旅。对于韩侂胄等人不作充分准备就急于出兵北伐，他深感忧虑，在《永遇乐·京口北固亭怀古》词中表明了其反对轻率冒进的态度。

不管辛弃疾抗金复国的意愿多么强烈，对国对民用心多么良苦，朝廷始终没有真正信任他。在镇江任上仅仅一年多，又因人诬以"好色贪财，淫刑聚敛"，他第三次被弹劾免职。开禧元年（1205）初秋，辛弃疾孤独凄凉地返回铅山瓢泉。

开禧二年（1206）五月，南宋正式下诏伐金。不出辛弃疾所料，宋军很快全线溃败。山穷水尽的南宋朝廷只好再次向金求和。金人提出，以韩侂胄项上人头作为议和条件。韩侂胄恼羞成怒，想再次对金国用兵，他又想到了辛弃疾。

开禧三年（1207），韩侂胄奏请朝廷任命辛弃疾为枢密院都承旨，令其立即到临安供职。诏令到达铅山时，辛弃疾已经一病不起，他赶紧上奏请辞。就在此年九月十日，这位杰出的民族英雄含恨而逝。相传他在临终之际，还大喊数声"杀贼！杀贼！"

一个英雄生活在一个怯弱平庸的朝代，是一种悲哀。而对于辛弃疾来说，这种悲哀又是一种幸运：政治上的失败成就了他文学上的成功。

杀敌报国的英雄情结和政治失意的牢骚，是辛弃疾大半生文学创作的重要题材内容，也因而形成了辛词与一般文人词相区别的豪雄特色。清代词论家黄梨庄就此评论说："辛稼轩当弱宋末造，负管（仲）、乐（毅）之才，不能尽展其用。一腔忠愤，无处发泄。观其与陈同甫抵掌谈论，是何等人物！故其悲歌慷慨、抑郁无聊之气，一寄之于词。"的确，一部稼轩词集，正是对辛弃疾一生为国家和民族奋斗不息精神的忠实纪录。在这部心灵史中，始终交织着对国家、民族深沉的爱，对无法驱除强敌、实现壮志的强烈的痛和恨。

　　辛弃疾词现存六百二十多首，都是归宋之后所作。他被后人视为宋词发展中最重要的词人之一，不仅因为其作品数量巨多，并具有强烈的感召力，更因为他在词的创作中大胆开拓创新，取得了非凡的艺术成就。

　　北宋苏轼开创了"豪放"词风，辛弃疾则用自己的爱国情怀和英雄气概，继承并发展了这一词风。辛词大多意象阔大，气魄恢宏，充满阳刚之美；感情浓烈，或慷慨悲凉，或低沉落寞，或热情激昂，其力量皆不可抵挡，震撼人心。

　　辛弃疾一生不曾改变他炽热的爱国情怀与宏伟的报国理想，所以，辛词较之苏词，少了潇洒、豁达，多了英雄的豪壮激昂。正如王国维所评："东坡之词旷，稼轩之词豪。"辛词将豪放发挥到极致，豪放之中，又多悲壮之气。清人吴衡照《莲子居词话》对此的分析很有见地："东坡之心地光明磊落，忠爱根于生性，故词极超旷，而意极和平；稼轩有吞吐八荒之慨，而机会不来，正则可以为郭（子仪）、李（光弼），为岳（飞）、韩（世忠），变则为桓温之流亚，故词极豪雄，而意极悲郁。"

辛词风格以豪放为主，但也不乏婉约、平淡、清丽，甚至缠绵者。刘克庄《辛稼轩集序》说："公所作，大声镗鞳，小声铿鍧，横绝六合，扫空万古，自有苍生以来所无。其秾纤绵密者，亦不在小晏、秦郎之下。"

从词的内容来看，辛弃疾进一步扩大了词的题材范围。在苏轼手中，词的题材开始由传统的"花间""尊前"扩大到诗所涉及的方方面面，辛弃疾进而将一切可写之事都写入词中，范围比苏词还要广泛。他写政治，写战斗，写友情、爱情、家国之情，写山川景色、人生哲理，写田园风光、民俗人情，写日常生活、读书感受……"无意不可入，无事不可言。"（清刘熙载《艺概》）

词的语言到辛弃疾这里，更是变化多端，不复有规矩存在。后人常言，东坡"以诗为词"，稼轩"以文为词"。辛弃疾不仅化用辞赋古文的语言直接入词，更在词中借鉴辞赋古文的章法结构、描写手法。所以，辛词中大量使用散文句式，有十几字的长句，也有三四字的短句；有对话，也有议论；有通俗鲜活的民间口语，也有经籍上的古文句式。从某种程度上说，辛词更像一篇篇有音乐节奏的韵文，完全突破了文人词中常以意象叠加成句成文的形式。这是词在语言艺术上的一次重要革新。

辛词另一大特色是好用典。他广泛引用前人诗词歌赋和经书、史书等典籍中的语汇、成句、历史掌故，将其巧妙地融进自己的词中，达到浑然天成的境界。清人刘熙载《艺概》评曰："任古书中理语、廋语，一经运用，便得风流。"但他的个别作品，也因用典过多，被人诟为逞才使气，炫耀博学。

辛弃疾词对南宋词坛产生了巨大影响。清人陈洵《海绡说词》

便曾言："南宋诸家鲜不为稼轩牢笼者。"在其同时或稍后，出现了不少与他有着相同或相近创作倾向的词人，文学史上把他们称为辛派词人，主要人物有陈亮、刘过、刘克庄、刘辰翁等。

后世之人对辛弃疾的评价也非常高。清人王士禛《花草蒙拾》曰："婉约以易安为宗，豪放惟幼安称首。"《四库全书总目提要》评曰："其词慷慨纵横，有不可一世之慨，于倚声家为变调；而异军特起，能于剪红刻翠之外，屹然别立一宗，迄今不废。"近人王国维《人间词话》亦言："南宋词人，白石有格而无情，剑南有气而乏韵，其堪与北宋人颉颃者，唯一幼安耳。"

《仿唐寅秋林书屋图》局部　清代·高简

念 奴 娇

登建康赏心亭，呈史留守致道

我来吊古，上危楼赢得，闲愁千斛。

虎踞龙蟠何处是？

只有兴亡满目。

柳外斜阳，水边归鸟，陇上吹乔木。

片帆西去，一声谁喷霜竹？

却忆安石风流，东山岁晚，泪落哀筝曲。

儿辈功名都付与，长日惟消棋局。

宝镜难寻，碧云将暮，谁劝杯中绿？

江头风怒，朝来波浪翻屋。

题 解

　　宋孝宗乾道五年（1169），辛弃疾从被金人占领的北方投归南
宋朝廷已经七个年头了。尽管他有文韬武略，尽管他有敌后作战的经

验，尽管他一直向朝廷请缨，但他也还只是一个小小的建康府通判。

　　一日，他登上建康城西的赏心亭，写下这首词，送给时任建康留守兼沿江水军制置使的史正志。史正志，字致道，此人在政治上实际是一个投机分子，早在孝宗即位之初就与主和派暗中往来。而辛弃疾写这首词时，他尚未暴露其真实面目，还是一副主战派架势。留守，官名，古时国君迁都或巡幸，以重臣代守其土（或行宫）称留守。宋室南渡初，高宗曾一度驻跸建康，后迁都临安，故有行宫留守之职。

句 解

我来吊古，上危楼赢得，闲愁千斛

　　建康即今南京，三国的吴，东晋，南朝的宋、齐、梁、陈皆都于此，人称六朝故都，有许多历史古迹，所以词人开门见山"我来吊古"。他登上高高的赏心亭，万千愁绪顿时涌上心头。

　　写这首词时，整个南宋社会正处于北伐失败后的低迷、压抑气氛中。辛弃疾登楼怀古，一想到前朝旧事，胸中就不自主地涌出"闲愁千斛"。一斛等于十斗，"千斛"愁该有多重！他却轻松地将之称作"闲愁"。不愿提，不想提，无尽的愁苦已经让他只能苦笑置之！但是，眼前的所见所闻又让他不能不想。

虎踞龙蟠何处是？只有兴亡满目

　　三国时意图统一天下的诸葛亮曾说过，南京背有钟山，前有长江，"钟山龙蟠，石城（南京又称石头城）虎踞"，地势险要，可做"帝王之都"。如今呢？只剩下几个曾偏安于此、不思进取的小王朝兴亡的历史陈迹。

柳外斜阳，水边归鸟，陇上吹乔木

高楼之上，词人放眼四望，只见微弱的夕阳照在迷茫的柳枝上；水边的鸟儿慌乱地到处飞，寻找安身之地；田野里高大的树木被风吹打着，枯黄的叶片纷纷坠落。"乔木"，高大的树木。

片帆西去，一声谁喷霜竹

远处江面上，一片白帆孤独地向西边飘去。突然，一声竹笛响起，悠扬、哀怨，如泣如诉。"霜竹"，代指笛子。

一切景语皆情语。夕阳、衰柳、荒野、悲风、孤帆、哀笛，这些景象，不正是风雨飘摇、江河日下的南宋王朝的象征吗？满怀愁苦的辛弃疾，看着眼前这幅惨淡的夕阳西下图，想到了国家的前途命运，想到了自己的理想抱负。

辛弃疾生长在被金人侵占的大宋北方，侵略者的野蛮行径、人民的苦难使他从小就立下了驱除金人、收复中原的壮志。二十二岁时，他就组织了一支两千人的队伍起义抗金，后来又成功率领一万士兵投归南宋，不可不谓英雄。南归后，他原以为从此可以大展宏图，实现祖国统一理想，却遭到朝廷主和派的打击、排挤。朝廷给了他一系列的低级官职，却从不理会他的复国主张。

一腔忠愤，无处发泄，他只能慷慨悲歌，将"抑郁无聊之气，一寄之于词"。"虎踞龙蟠何处是"的疑问，正是辛弃疾对当权的主和派的严厉质问：这个虎踞龙蟠之地，完全可以作为大宋复兴的

《溪山秋霁图卷》局部　北宋·王诜

基地，可你们却从不曾好好地经营它。如今朝廷躲在江南已经四十多年了，得过且过，国事日非，这不是在重蹈六朝灭亡的覆辙吗？

词人的无尽忧愁，正是源于他对国家命运的担忧，源于壮志难酬的苦闷。此情此景，令他想起了东晋时抗御强敌、打败侵略者的丞相谢安。

却忆安石风流，东山岁晚，泪落哀筝曲

谢安，字安石，东晋孝武帝时任宰相。谢安文采风流，才智过人，指挥东晋抵御前秦入侵，立下了赫赫功劳。唐代诗人李白就曾歌咏道："但用东山谢安石，为君谈笑静胡沙。"

今日之南宋，也正是亟须"静胡沙"之时，多么需要像谢安这样的人才啊！可历史上的谢安境遇又如何呢？晚年的谢安功高震主，受孝武帝猜忌，处境可危。他想回到未仕前隐居的东山，也一直未能如愿。一次，孝武帝召开宴会，音乐家桓伊弹筝作歌，歌曰："为君既不易，为臣良独难，忠信事不显，乃有见疑患。"谢安闻歌触动心事，不觉潸然泪下。

儿辈功名都付与，长日惟消棋局

淝水之战中，谢安指挥弟弟谢石和侄子谢玄，以八万大军击败前秦苻坚率领的九十万军队。当前线的捷报传到相府时，谢安正在与客人下棋，只说了声：知道了。客人很奇怪，谢安淡淡地说："小儿辈遂已破敌。"这个典故本是说谢安沉着、闲雅，辛弃疾却改变了原意，强调谢安不问世事，惟以下棋消磨时光。

词人记起谢安的这些故事，是在为谢安悲伤，更是在为自己悲

伤。自己如今的处境不正是如此吗？曾经英勇杀敌，战功无数，而今沉于下僚，碌碌无为，郁郁不得志。可是，又能如何呢？

到底如何面对复国无门的愁苦？辛弃疾引为同道的谢安也不能给迷茫中的他一点指引。

宝镜难寻，碧云将暮，谁劝杯中绿

相传，唐朝时有渔夫在赏心亭下的秦淮河捡到一面古铜镜，照之尽见人肺腑，渔夫大恐，铜镜失手掉入水中，再也捞不出来。如今的辛弃疾，也正身处赏心亭上，本是想游览散心，理清自己的愁绪，却不曾想越理越乱，无法解愁。

"何以解忧，惟有杜康"。于是词人喊道：天快黑了，乌云密布，谁来劝我喝一杯啊？"杯中绿"，指酒。

他明知酒能解愁，却无法主动端起酒杯。因为他的愁太多，他的怨太深，他无法不清醒着，努力找到方向。他怎能喝下酒？"谁劝杯中绿"，深刻地表现了他无奈、哀伤、苦闷的心情。

江头风怒，朝来波浪翻屋

谁来与词人一道买醉浇愁？没有。他看到的是狂风怒吼，波浪滔天，直有摧房倾屋之势。

结尾两句，以江头风浪摧毁房屋暗喻国势之危急。辛弃疾的一片忧国之情，至此更为炽烈。

评 解

金陵为"六代豪华"之地，历来登临者多有咏叹，但不少仅流于发思古之幽情。此词不然，它借古讽今，深含国忧。

全词层层递进，环环相扣，衔接紧密，笔法多样。设问、比喻、典故的灵活运用，将词人的悲愤之情表露无遗。虽系辛弃疾早期作品，但已初具其沉郁悲壮的基本风格。

《雍正十二月行乐图·正月观灯》局部　清代·佚名

青玉案

元 夕

东风夜放花千树，更吹落，星如雨。

宝马雕车香满路。

凤箫声动，玉壶光转，一夜鱼龙舞。

蛾儿雪柳黄金缕，笑语盈盈暗香去。

众里寻他千百度。

蓦然回首，那人却在，灯火阑珊处。

题 解

　　这首词大约作于乾道七年（1171）至乾道八年（1172）间，时辛弃疾在临安（今杭州）任司农寺主簿。

　　元夕，旧历正月十五，又称上元节、元宵节。古代有元夕观灯的习俗，这一天也是青年男女往来相会的良辰。欧阳修（一说为朱淑真）《生查子·元夕》一词就讲述了情人们在上元灯节约会的故

《嬉春图》局部　明代·仇英

事："去年元夜时，花市灯如昼。月上柳梢头，人约黄昏后。 今年元夜时，月与灯依旧。不见去年人，泪湿春衫袖。"辛弃疾的这首《青玉案》，同样描绘了在元夕灯火中等寻情人的情景，是稼轩词中为数很少的涉及爱情的作品之一。

句 解

东风夜放花千树，更吹落，星如雨

元夕之夜，灯火辉煌，仿佛东风一夜间吹开了千树万树的花朵，又像是吹落了满天繁星，如雨一般洒向人间。

另有一种解释认为，这几句描写的不是灯火，而是焰火。据宋人《武林旧事》所载，元夕夜临安城会"放焰火百余架"。"花树""星雨"，正是形容焰火的奇异绚烂。花炮绽放，仿佛早春的东风吹开了树上的万紫千红；烟火升天，火星四射，又似从天上吹落了如雨的彩星。

宝马雕车香满路

节日里的大街，热闹非凡。华丽的车马不时驶过，所遗香气四处弥漫。"宝马雕车"，指富贵人家出来观灯乘坐的装饰华丽的车马。

凤箫声动，玉壶光转，一夜鱼龙舞

动人的乐声不绝于耳。抬头望望天空，圆月挥洒银辉，是那么明亮；低头看看四周，人们提着鱼龙彩灯，纵情欢乐。"凤箫"，箫的美称，此处泛指音乐。"玉壶"，喻月亮，言月之冰清玉洁。"鱼龙"，扎成鱼、龙等形状的各式彩灯。

银月下，家家灯火，处处管弦，令人目不暇接，心醉神迷。词人如此着力渲染节日的热闹欢快，正是要为下面人物的出场营造氛围。

蛾儿雪柳黄金缕，笑语盈盈暗香去

人群中的女子，雾鬓云鬟，戴着蛾儿、雪柳，盛装丽饰。她们说说笑笑，一路留下幽香在空中飘散。"蛾儿""雪柳"，都是宋代妇女元宵时节所戴的头饰。"雪柳黄金缕"，一种以金为饰的雪柳。

漂亮可爱的女子一个个从词人眼前掠过。但词人要找寻的，却并不是她们。

众里寻他千百度

在熙熙攘攘的人群中，词人千百次地找寻那个她的身影，却总是踪影全无。满怀憧憬的词人一次又一次地失望。

蓦然回首，那人却在，灯火阑珊处

忽然，不经意间回过头去，在那灯火昏暗的一角，分明看见了，是她！是她！没有错，原来她安安静静、娉娉婷婷地站在这冷落的地方，还未归去，还似有所待！"阑珊"，零落稀疏的样子。

读到这里，我们才恍然彻悟：那上片中灯火、明月、笙笛、彩车交织成的元夕欢腾景象，那下片惹人眼花缭乱的一群群丽人，原来都只是为了这一个意中之人而设、而写。倘无此人在，所有的一切又有何意义呢？

词人为"众里寻他千百度"花去了多少时光，消磨了多少痴情？终于得见意中人的他是满足，是狂喜，是如释重负还是带着一点遗憾？我们只能去想象了。

评 解

关于此词的主旨，历代评家有各种说法。一般认为它与爱情有关，或是单纯的节令之作。但近人梁启超说，此词是词人"自怜幽独，伤心人别有怀抱"。按照梁氏所解，词人意中那位"灯火阑珊处"的女子，在罗绮如云的热闹之外孑然独处，孤高幽独，其实就是词人自己这样的正直高洁之士的写照。王国维又将此词引申为人生的一大境界，他言人生有三种境界：第一是"昨夜西风凋碧树，独上西楼，望尽天涯路"；第二是"衣带渐宽终不悔，为伊消得人憔悴"；第三便是"众里寻他千百度，蓦然回首，那人却在灯火阑珊处"。

且不论辛词的本意究竟如何，词中所写的苦苦寻觅，却一无所得，绝望之时，却又于无意间得来，人生中这样的经历和感受并不乏见，却只有辛弃疾用诗的语言，形象而准确地表达了出来。

《溪桥觅句图》局部　清代·孙逸

水 龙 吟

登建康赏心亭

楚天千里清秋，水随天去秋无际。

遥岑远目，献愁供恨，玉簪螺髻。

落日楼头，断鸿声里，江南游子。

把吴钩看了，栏干拍遍，无人会，登临意。

休说鲈鱼堪脍，尽西风，季鹰归未？

求田问舍，怕应羞见，刘郎才气。

可惜流年，忧愁风雨，树犹如此！

倩何人唤取，红巾翠袖，揾英雄泪？

题 解

　　乾道八年（1172），辛弃疾出任滁州（今属安徽）知府，开
始了他南归后第二个十年的仕宦生涯。淳熙元年(1174)春，又由滁
州改调建康，任江东安抚司参议官。这是辛弃疾第四次来到建康。
第一次是在绍兴三十二年（1162）奉耿京之命南下洽谈归宋事宜，

在建康受到宋高宗接见；第二次是押解杀害耿京的叛徒张安国到达建康，献给南宋当局；第三次是任建康府添差通判。十二年过去了，他再次来到这个对他具有特殊意义的古城，心中自然不免感慨万千。

　　一个秋日，辛弃疾登上建康城外的赏心亭，留下了这首《水龙吟》。乾道五年（1169），他曾在赏心亭上写下一首《念奴娇》（我来吊古）。如今故地重游，五年时光匆匆又过，一心报国的他还是未能实现夙愿。

句 解

楚天千里清秋，水随天去秋无际

　　清秋时节，南方的天空千里澄净，一览无余。浩浩江水一直流向遥远的天际，水天相接，秋色无边。

　　词的起句突兀，立意辽远。看似随口而出的两句，却令人仿佛拔地凌空，极目游骋，仰望天高，俯视水远。虽说其气势稍逊东坡名句"大江东去，浪淘尽，千古风流人物"，但境界的阔大、胸襟的磊落却是一样的。这样的景象，一般凡夫俗子必定无法写出，这就恰如辛弃疾门生范开在《稼轩词序》中所论："器大者声必闳，志高者意必远。"

　　置身于如此浩渺壮阔的境界，即使一般人也会触发一种莫名的宇宙意识，更何况满怀报国激情的辛弃疾。那楚天无垠的壮景，那滚滚东去的江水，那苍凉无边的秋色，又怎会不激起他满腔的豪情？因此，词的开头两句虽是写眼前之景，却已蕴蓄深厚之情。

建康临水傍山，所以词人在写过俯瞰江天之后，接着便写遥望远山。

遥岑远目，献愁供恨，玉簪螺髻

"遥岑"，远山。"远目"，纵目远望。"玉簪螺髻"，比喻群山秀美，似美人头上的碧色玉簪和螺型发髻。

韩愈诗曰"江作青罗带，山如碧玉簪"；皮日休诗曰"似将青罗髻，撒在明月中"。在他们的笔下，山是那么清新秀丽。但在愁思万结的辛弃疾眼中，群山虽然风流多姿，但不过徒引人愁恨而已。眼前的江山胜景，只会令他更加牵挂沦陷的中原，更加激发起对朝廷偏安江南、不思复国的悲愁、遗恨。

在遥观四周景致后，词人将镜头拉回，对准了赏心亭上的自己。

落日楼头，断鸿声里，江南游子

落日余晖，应和着离群孤雁的声声哀鸣，使伫立楼头的词人感到了从未有过的凄清和冷寂。辛弃疾本生在山东，可家乡沦陷，国家残破，如今来到江南，游子孤独。本以为能将一腔热血报效国家，然而从未得到施展才华的机会。非但没有人来与他共论北伐大计，相反却横遭朝中权贵们的猜忌，始终难酬壮志。

把吴钩看了，栏干拍遍，无人会，登临意

看着这样悲伤的景，想着这些悲伤的事，词人摘下佩刀，默视良久，又一遍遍地拍打栏杆，却终究没有人领会他此番登临之意。

"吴钩"，春秋时期吴国制造的一种兵器，似剑而曲，这里借指腰中所佩刀剑。

感慨万千的辛弃疾，"把吴钩看了"，他是多么希望能手持这锐利的吴钩，驰骋疆场，杀敌报国！然而，英雄却无用武之地。满腔的悲愤无处宣泄，孤独而痛苦的他只能一遍一遍地拍打栏杆。

词的上片，写登高望远，触景生情，层层推进地抒发了词人的远大抱负和壮志难酬的苦恨。到下片，词人进一步抒写雄心壮志，并阐明自己坚定不移的人生信念。

休说鲈鱼堪脍，尽西风，季鹰归未

据《世说新语·识鉴》，西晋时，吴人张翰（字季鹰）在京城洛阳事齐王，秋天来到，他想起吴中的鲈鱼脍和莼菜羹，言"人生贵得适意尔，何能羁宦数千里以要名爵"，于是辞官东归。"脍"，细切的鱼肉片。

辛弃疾对张翰的隐居并不以为然，所以他反用其典，说不要提什么鲈鱼脍之类的家乡美味，你看，尽管秋风已经吹起，张翰还乡了吗？他之所以耻于弃官归隐，全是因为国家的灾难未了，他报国的壮志未酬。

求田问舍，怕应羞见，刘郎才气

《三国志》里记载，许汜去见陈登，陈登因其没有大志，瞧不起他，让他睡下床。许汜向刘备述说此事，刘备说，而今天下大乱，帝王失所，你本当忧国忘家，却只知买房置地，为己牟利。要是换了我，那就自睡百尺高楼，让你睡地下，又岂止是上下床的区别。

辛弃疾用此典，是说如果自己像许汜那样不顾国事，只知为自己打算，那就羞见像刘备那样胸怀雄才大略的英雄了。

两典连用，表明辛弃疾既反对逃避现实斗争的归隐生活，更鄙视置国家危亡于脑后，只知谋求私利的无耻行为。

可惜流年，忧愁风雨，树犹如此

尽管辛弃疾一心以天下为怀，但国家为投降派把持，风雨飘摇，他又能如何呢？只能悲叹年华白白流逝。

前面心志的表白并不能解脱他心灵的愤懑，相反倒增加了一份凄苦。他不由想起了东晋大将军桓温。桓温在北征途中，看到十年前亲手栽种的柳树已经十围，不禁流泪慨叹："木犹如此，人何以堪！"辛弃疾此刻的无限感伤，也正与桓温相同。

光阴无情，年复一年，时间就在风雨忧愁、国势飘摇中流逝，而自己的济民救国之志尚难遂愿，好不痛惜。他多么希望有人来帮助他解除心头的郁结，然而，又有谁能给他慰藉呢？

倩何人唤取，红巾翠袖，揾英雄泪

百般无奈的词人最后感叹：请什么人为"我"唤来柔情女子，擦干英雄泪呢？"倩"，请求。"红巾翠袖"，女子的手巾常是红色，衣袖常是翠色，所以以此代指女子。"揾"，擦去。

他的眼泪，不是多愁善感的弱者的眼泪，而是不遇于时的英雄的眼泪。遗憾的是，英雄身边并没有一个善解人意的红颜知己，可以替他轻轻擦去辛酸的泪水，可以抚平他伤痕累累的心灵。

词的结尾，仍是叹知己难寻，与上片"把吴钩看了，栏干拍遍，无人会，登临意"紧相呼应。在感情上，它更深一层地抒发了辛弃疾功业未就、有志难酬的苦闷与悲恨。

评 解

这首词是辛弃疾早期最负盛名的作品之一，艺术上已趋成熟境地：豪而不放，壮中见悲，沉郁顿挫。上片以山水起势，雄浑不失清丽，又融情入景，饱含深情；下片抒怀，不用直笔，连用三典，以一波三折、一唱三叹手腕出之。结处遥应上片，别具深婉之致。全词豪壮而有沉郁之情，有蕴藉之法，故清人陈洵《海绡说词》赞曰："纵横豪宕，而笔笔能留，字字有脉络如此。"清人谭献《谭评词辨》也说："裂竹之声，何尝不潜气内转。"

太 常 引

建康中秋夜为吕叔潜赋

一轮秋影转金波，飞镜又重磨。

把酒问姮娥：被白发欺人奈何？

乘风好去，长空万里，直下看山河。

斫去桂婆娑，人道是清光更多。

题 解

此词约作于淳熙元年（1174）中秋之夜，当时辛弃疾再度出仕建康，任江东安抚司参议官。吕叔潜，名大虬，辛弃疾的朋友，生平已不可考。

《月色秋声图》局部　宋代·马和之

句 解

一轮秋影转金波，飞镜又重磨

八月十五，夜空如洗。词人抬头望天，只见一轮满月当空，月光皎洁，似金波流转，又似飞镜重磨，光亮如新。"秋影"，秋月。"金波"，喻月光清明柔和，如金色流波。"飞镜"，指月亮，李白《渡荆门送别诗》有"月下飞天镜，云生结海楼"。"飞镜重磨"，比喻中秋之月如新磨的铜镜一样，光彩照人。

把酒问姮娥：被白发欺人奈何

明月下，词人如痴如迷。他举起酒杯，追问月中仙子嫦娥：头上白发日增，似有意欺人，该如何是好？"姮娥"，即嫦娥，传说为后羿之妻，后羿从西王母处得到不死之药，嫦娥偷吃后，奔向月宫。

此时的辛弃疾，南归已十二年，仍然壮志未酬。岁月空转，他怎能不为白发上头而焦灼苦恼呢？南归之初，始终坚持投降路线的宋高宗赵构传位于其侄赵昚（孝宗），一时之间，南宋朝野似乎雄心振发，并在张浚主持下出兵北伐。但经"符离之败""隆兴和议"，朝廷主和派又重新当权。在这样的情势下，辛弃疾始终沉于下僚，空有满腔抱负，却无法施展。他于乾道元年（1165）上宋孝宗《美芹十论》，又于乾道六年（1170）上宰相虞允文《九议》，慷慨激昂，反复陈说恢复之事，却一直未被采纳。对他而言，"白发欺人"是无可奈何，"把酒问姮娥"亦是无可奈何，除了天上的嫦娥，他已不知还可以向谁发问。这寥寥十余字，含尽无限悲愤、凄凉之意。

"白发欺人"系化用唐人薛能诗句"青春背我堂堂去，白发欺人故故生"。与薛能不同，辛弃疾的慨叹，绝不是一己之哀愁。不论个人境遇如何，在任何时候，国家的命运、百姓的生存都是他的头等大事，也是令他如此痛苦的根源。

词的上片，在充满郁愤的发问声中结束。到下片，词人情感的喷发更加激越。

乘风好去，长空万里，直下看山河

激愤之情鼓荡于胸，转而变为词人的一番奇伟想象：乘风飞上长空，放眼俯瞰祖国万里山河。

苏东坡《水调歌头》（明月几时有）一词中，也有"乘风归去"的想象。但东坡是向往月宫，飘飘欲仙，表现的是一种超尘出世的幻想。而辛弃疾"乘风好去"，是为了"直下看山河"——他的目光始终注视着人间，他的心怀始终牵挂着祖国。

一想到祖国的大好河山，辛弃疾便豪情万丈，大有李白"长风破浪会有时，直挂云帆济沧海"之势。他似乎在以此句自勉：即便受到再大的委屈、漠视，有再多的白发忧愁，祖国壮丽的山河又怎能放弃呢？

斫去桂婆娑，人道是清光更多

"斫"，砍削。"桂婆娑"，指月中桂树。

词的最后，化用杜甫诗句"斫却月中桂，清光应更多"。明月下的杜甫怀念家人，所以想砍去月中桂树，让月光更清楚地照见家人。辛弃疾欲砍却婆娑的桂枝，不是为了自己，而是要让清澈的月光更多地洒向人间大地！月中桂树，比喻造成山河割裂、人间昏暗的黑暗势力，正如清人周济编《宋四家词选》眉批所言："所指甚多，不止秦桧一人而已。"

在现实生活中，辛弃疾束手无策，只能把酒问月，徒唤奈何。但在想象的王国里，他就能放纵情怀，气冲霄汉，大刀阔斧地清除一切阻挡光明的邪恶杂质，重振乾坤，重光山河。他那深沉博大的情怀，至此达到顶峰。

评 解

咏月抒怀，是古典诗词中最常见的主题之一。人们或用明月寄思乡思人之情，如李白"举头望明月，低头思故乡"，杜甫"露从今夜白，月是故乡明"；或托明月感怀人生，如张若虚"人生代代无穷已，江月年年只相似"，苏轼"人有悲欢离合，月有阴晴圆缺，此事古难全"……而辛弃疾的这首《太常引》，借明月抒爱国壮志，情感勃郁激愤，在众多赋月佳作中独具一格。

全词将词人激越的情怀与奇妙的想象很好地交织在一起，层层递进，针线绵密，是辛词中用小令写大题材、发大感慨的杰作之一。

《清明上河图》局部　明代·仇英

菩 萨 蛮

书江西造口壁

郁孤台下清江水，中间多少行人泪。
西北望长安，可怜无数山。

青山遮不住，毕竟东流去。
江晚正愁余，山深闻鹧鸪。

　　淳熙二年（1175）春末夏初，辛弃疾由建康再调京师临安，任
仓部郎官。是年七月，出为江西提点刑狱使。此词约作于淳熙三年
（1176）春。造口，即皂口，在今江西万安县西南。当时辛弃疾驻
节赣州，常经造口。一次，他抚今追昔，心潮难平，在造口石壁上
写下了这首词。

郁孤台下清江水，中间多少行人泪

"郁孤台"，位于今江西赣州市西南，唐宋时是登临览景的名胜。"清江"，指赣江，赣江从郁孤台下流过，经造口，朝东北方向入鄱阳湖。

辛弃疾登上郁孤台，望着台下滔滔而过的清江水，不禁想起了四十七年前的往事。宋高宗建炎三年（1129），南迁后的宋室尚立足未定，金兵即大举南侵，长驱直入江南腹地，南宋几致灭亡。眼前的清江水，该流淌着多少当年逃难经过这里的百姓的血泪啊！他们的泪水，饱含着对失去家园的痛惜，对故土的思念，对入侵者的仇恨。

西北望长安，可怜无数山

"长安"，曾是汉、唐首都，这里借指已经失陷的北宋都城汴京（今河南开封）。

词人面向西北方向，极目远望，希望可以看一看故都。可惜无数的山峰拦在眼前，欲见不能。此时的辛弃疾被朝廷调来调去，奔忙于地方事务，无法在抗金战场上杀敌复国，这本已令他极端苦闷；如今连望一望故都都不得，又怎能不让他自伤自怜呢？

其实，自造口至汴京相隔数千里，即使没有青山阻拦，也不可能望见。词人要借此表达的，是他对沦陷故土的深切怀念。而拦在他眼前的"无数山"，隐喻的是阻拦抗金的势力。

青山遮不住，毕竟东流去

远处，看不见故土家园。失望中，词人低头俯视，脚下滚滚赣江在群山中穿行，弯弯曲曲，朝东流去。这令忧愁的他突然释怀。青山虽然遮住了人们遥望故土的视线，但挡不住奔腾不息的江水，江水注定是要向东流的。因此，主和派、投降派暂时的阻挠，终究挡不住抗金救国的历史潮流。"毕竟"两字，真切地传达出辛弃疾对未来的必胜信心。

江晚正愁余，山深闻鹧鸪

江上天色渐晚，远处山色渐深，此情此景之下，愁苦又袭上词人心头。

江水虽毕竟东流，但现实却仍令人深忧。从高宗南渡建立南宋朝廷以来已经半个世纪了，在此间，抗金大业曾数次取得重大胜利，如南渡初年宗泽为东京留守时，准备大举渡河，收复失地，谓"中兴之业，必可立致"；建炎九年（1139），岳飞率部队大破金兵，进驻朱仙镇，离汴京不过四五十里，直捣黄龙指日可待。然而，由于主和派的阻挠、破坏，收复中原至今不得实现。这令矢志抗金的辛弃疾悲愤不已。

而辛弃疾自己，虽满怀壮志雄心，有着经邦济世之才，自北方投南后却始终得不到朝廷信任。他本想汇集南方力量一举收复中原，却被派遣到南方内地担任一系列无关轻重的"佐贰之职"。

黄昏中，词人回忆着、思索着……江水悠悠，愁绪重重，耳畔不住传来鹧鸪鸟的鸣声，低沉凄切，令他愁上加愁。

鹧鸪是古诗中经常出现的意象。传说鹧鸪飞必向南，绝不北往，鸣声悲切，似乎在说"行不得也哥哥"，所以人们常用它来表示南方人的乡情愁绪。也许鹧鸪鸟的啼唤，同样唤起了辛弃疾的乡愁，唤起了他对沦陷的北方的思念；也许那一声声"行不得也哥哥"，让他想到了复国之事的艰难。不论何种情况，词到此结束，而词人的满怀愁苦却绵长难了，没有尽头。

评 解

　　词的上片以忆旧发端，下片即景抒情。八句四十四字，饱含着辛弃疾对国家、民族命运的深沉关切和忧虑。明人卓人月所编《古今词统》中赞此词"忠愤之气，拂拂指端"。

　　《菩萨蛮》这个词牌，自晚唐五代以来一直是人们用来抒写儿女柔情或小事小景的短调。辛弃疾却用它来写大题材，发大感慨，其宏大气魄令人叹服。近人梁启超言："《菩萨蛮》如此大声鞺鞳，未曾有也。"

满 江 红

江行，简杨济翁、周显先

过眼溪山，怪都似，旧时曾识。

还记得，梦中行遍，江南江北。

佳处径须携杖去，能消几緉平生屐？

笑尘劳，三十九年非，长为客。

吴楚地，东南坼。

英雄事，曹刘敌。

被西风吹尽，了无尘迹。

楼观才成人已去，旌旗未卷头先白。

叹人间，哀乐转相寻，今犹昔。

题 解

　　此词作于淳熙五年（1178）辛弃疾由临安赴湖北途中。他以之寄赠杨济翁、周显先二位友人。杨济翁名炎正，南宋词人，著有《西樵语业》。周显先生平不详。

《雪渔图》局部　北宋·佚名

句 解

过眼溪山，怪都似，旧时曾识

客船逆水而上，重重溪流山峦一一从词人眼前掠过。奇怪的是，这些山山水水似乎他以前就曾见过。

从南归之初任江阴军签判，到此时出为湖北转运副使，其间，辛弃疾流落吴江，建康府任通判，迁司农主簿，出为滁州知府，辟为江东安抚司参议官，又迁仓部郎官，出为江西提点刑狱、江西安抚使……十六年来调动频繁，宦迹多处。他在离开豫章（今江西南昌）时作《鹧鸪天》词云："聚散匆匆不偶然，二年历遍楚山川。"江南的山山水水，他已经见得太多了，以至于眼前本来陌生的山水，也让他有了似曾相识之感。

还记得，梦中行遍，江南江北

江南，是南宋偏安之地；江北，大片国土已经沦亡。从北到南，从意气昂扬的少年到历尽沧桑的中年，前尘往事，恍如梦境。

溪山过眼，无限感慨涌上词人心头，他不由开始径直抒怀：

佳处径须携杖去，能消几緉平生屐

词人慨叹，人生无多，遇到名山胜地，就应拄杖直往，自己所余的时间，已经消耗不了几双登山木屐了。"緉"，一双。"屐"，木屐，木底有齿的鞋子，六朝人登山多用。

尽管辛弃疾深憾自己没能亲上前线、杀敌报国，但在地方任上，他一直尽心尽力，从不怠慢。这期间，他做了不少有益于地方和百姓的工作，政绩惊动朝野。然而他却始终得不到当权者的信任和重用，被频频调动。在奔波的宦途上，他累了、倦了。他劝自己，现实太残酷了，还是纵情山水吧。

笑尘劳，三十九年非，长为客

可笑自己半生辛劳，三十九年的漫漫人生都错了，一个过客而已。"尘劳"，风尘劳碌。

这里的"笑"，是苦恼人的自嘲自笑；这里的"非"，是长期被猜忌、打击后的愤激之言，辛酸苦辣一并包括。

南唐李煜说"梦里不知身是客"，辛弃疾却清醒地说自己"长为客"。亡国后的李煜梦醒独自凭栏，想起了"无限江山"，立志复国的辛弃疾也同样想起了国家兴亡之事。

吴楚地，东南坼

"坼"，分裂，裂开。杜甫《登岳阳楼》诗有"吴楚东南坼"，极言洞庭湖宽广，把东南之地裂为吴、楚两国。辛弃疾借之写东南一带地域开阔。

英雄事，曹刘敌

东汉末，经赤壁之战，基本形成了魏、蜀、吴三国鼎立局面。此后，曹操称霸北方，孙权、刘备各向东南、西南扩充势力。

词人在此明颂曹、刘，暗扬孙权。当时能与曹、刘争雄者惟有孙权，而他正独霸东南吴楚一带。辛弃疾的另一首词《南乡子》云："天下英雄谁敌手？曹刘。生子当如孙仲谋。"正与此暗合。

被西风吹尽，了无尘迹

然而，这些英雄早已逝去，跟他们有关的一切都被西风吹尽，一点痕迹也没剩下。词人的这番感慨，并不是简单的伤怀，而是暗指当今时代已经没有英雄。怯弱昏庸的统治者不仅自甘沉沦，而且让像辛弃疾一样满腔热血的志士无处施展，终难成英雄大业。

楼观才成人已去，旌旗未卷头先白

频繁的调动，使辛弃疾难展才略，所以他感慨自己"楼观才成人已去"。"旌旗未卷头先白"，喻战事未休，国仇未报，而自己已鬓发先白。

然而，面对这样的遭遇，辛弃疾又能如何呢？

叹人间，哀乐转相寻，今犹昔

他只能感叹人世间的哀乐循环往复，辗转相继，自古如此，大可不必去斤斤计较。这样想想，他的痛苦忧烦或许能得到一些舒缓吧。

评解

这首词中，充满了矛盾。一方面觉得人生如梦，一方面又对不如愿的大半生耿耿于怀；一方面认为自己只是一个匆匆过客，一方面又深深担忧国家民族的命运；一方面苦于世事，想寄情山水，一方面又不愿计较个人得失，想继续坚持复国理想。矛盾的心态，深沉的苦闷，集结成这首江行寄友的感怀诗篇。

　　《满江红》本是豪放的词调，但此篇写出来的却是低回婉转的哀情。恰如近人俞陛云《唐五代两宋词选释》所评："《满江红》词易于纵笔，以稼轩之才气，更如阵马风樯，但豪放则易近粗率，此作独疏爽而兼低回之思。"

摸鱼儿

淳熙己亥，自湖北漕移湖南，同官王正之置酒小山亭，为赋。

更能消几番风雨，匆匆春又归去。

惜春长怕花开早，何况落红无数。

春且住，见说道，天涯芳草无归路。

怨春不语。

算只有殷勤，画檐蛛网，尽日惹飞絮。

长门事，准拟佳期又误。

蛾眉曾有人妒。

千金纵买相如赋，脉脉此情谁诉？

君莫舞，君不见，玉环飞燕皆尘土！

闲愁最苦。

休去倚危楼，斜阳正在，烟柳断肠处。

《春山听阮图》局部　清代·吕焕成

题 解

淳熙六年（1179），辛弃疾南渡之后的第十七年，被朝廷支来支去的他再次由湖北转运副使改调湖南转运副使。同事王正之在小山亭为他设宴饯行，他感慨万千，写下了这首词。

句 解

更能消几番风雨，匆匆春又归去

晚春时节，百花凋零，风雨常至，难免令人伤春。词人对这一切更是敏感。他牵挂着那美丽的春花，还能经受得起几番风雨？他心绪不宁，为春的匆匆离去惋惜，却又无可奈何。

惜春长怕花开早，何况落红无数

花是春天的象征。花开得早，自然落得早，春就去得早。词人对春天是这般珍惜，连花儿开早了都会感到遗憾，又怎能忍受落花无数呢。

春且住，见说道，天涯芳草无归路

花儿既然无法迟开晚放，那么就留住春天离去的脚步吧。"春天啊，听说海角天涯并没有你的归处，你就留在这里吧！"情至深处，词人仿佛一个天真任性的孩子。

怨春不语。算只有殷勤，画檐蛛网，尽日惹飞絮

春天没有理会词人的挽留，她依旧悄然离去。词人只能轻轻埋怨春的无言自去，只能四处寻找一些春的痕迹，给自己一丝慰藉。

他找了又找，最终发现，只有屋檐上的蛛网，沾满了飘飞的柳絮，还留有少许春色。

五彩缤纷的春过后，是绿意盎然的夏。按说生性豪放的词人应该看到这一点。然而，他深深地陷在春逝的伤感中，难以自拔。这是因为触景伤情，落红无数的暗淡让情绪低落的他更加黯然伤神。

长门事，准拟佳期又误。蛾眉曾有人妒。千金纵买相如赋，脉脉此情谁诉

"蛾眉"，形容女子眉如飞蛾触须，代指美人。

据《文选·长门赋序》，汉武帝的皇后陈阿娇先得宠幸，后来失宠被废，贬居长门宫。陈氏听说司马相如的文章天下最工，便送去百斤黄金，求得一篇《长门赋》。后来汉武帝看到此赋，有所感悟，陈皇后再度承宠。事实上，《长门赋》并非司马相如所作，史书上也没有陈皇后被废后复得宠幸的记载。

正如《长门赋序》的作者敢于不拘泥故事真伪一样，辛弃疾此处也来了个大胆生发。他说，被冷落的陈皇后本已有了与汉武帝重聚的希望，但是由于遭到武帝身边其他女子的妒恨，致使佳期无望。这时候，纵使陈皇后千金买得相如的生花妙笔，脉脉真情又能向谁倾诉呢？

词人似为陈皇后而伤感，其实是为自己伤感。

南宋国势日衰，政权腐朽，收复中原的希望渺茫。辛弃疾热爱自己的祖国，却又不免对它痛惜、失望。在词的上片，春的离去，实际上喻指国家的败落。他期望春天长驻久留，但国势却如残春，风雨飘摇。他不愿面对这个现实，然而他又怎能回避得了？他的济世之志、救国理想都寄托在南宋王朝的复兴上，可是事与愿违，眼见这些都落了空，他的心中异常苦痛、矛盾。

爱而不成，则生恨心。他痛恨权奸当道，蒙蔽君主、陷害忠良，痛恨朝廷不思恢复失地，反而排挤抗金志士。所以，他以长门陈皇后自比，哀叹自己遭受小人妒忌，无法大展宏图的悲惨命运。

君莫舞，君不见，玉环飞燕皆尘土

杨玉环、赵飞燕都是古代著名的美女。一个是唐玄宗的贵妃，"三千宠爱在一身"，后来安史之乱中被缢死马嵬坡下；一个是汉成帝宠极一时的皇后，结局是被废为庶人后自杀。

词人对妒恨陈皇后的女子说，你们不要高兴得跳起舞来，须知玉环、飞燕也难免归于尘土，一切成空。实际上，他是在申饬、诅咒那些打击陷害忠良的权贵奸小：你们休要得意忘形，你们难道不知道，玉环、飞燕那样的命运，最终也会降临到你们头上吗？

闲愁最苦。休去倚危楼，斜阳正在，烟柳断肠处

词人此刻正与同事一道饮酒话别。在这闲暇之时，他的愁，依然是家国之愁、命运之愁。惟其如此，才令他感到"闲愁最苦"，才说道，不要去倚靠高楼，否则会看见斜阳坠落烟柳中，令人伤心断肠。

"梳洗罢，独倚望江楼。过尽千帆皆不是，斜晖脉脉水悠悠，

肠断白苹洲"（南唐温庭筠《梦江南》）；"伫倚危楼风细细，望极春愁，黯黯生天际"（北宋柳永《蝶恋花》）……从这些词中，我们可以想见：靠着高楼，会看见一点点下坠的残阳、苍茫迷蒙的江水、轻烟笼罩的垂柳。这些都会令人伤悲。所以，辛弃疾说"休去倚危楼"，他害怕看到那落日残阳的光景，害怕由此想到江河日下的国家。他的哀愁，本就已经太多太多了。

评解

表面看来，词人是在伤春吊古，实际上他将自己的哀时怨世、忧国之情隐藏在了春残花落、蛾眉遭妒的描写中。传说当年宋孝宗读到这首词心中非常不快，大概他是读懂了其真意吧。

此词的写作手法颇似屈原《离骚》，同样是以香草美人为比兴，来抒写自己的政治情怀。风格上，一变辛词常见的豪放，偏向柔美一路，委婉含蓄，却又与一般写儿女柔情和风月闲愁的婉约词大有不同。今人夏承焘评之曰："肝肠似火，色貌如花。"

丑 奴 儿

书博山道中壁

少年不识愁滋味，爱上层楼。

爱上层楼，为赋新词强说愁。

而今识尽愁滋味，欲说还休。

欲说还休，却道天凉好个秋！

题 解

　　淳熙八年（1181）底，辛弃疾被人诬以"奸贪凶暴，帅湖南日虐害百里"，被弹劾落职。次年初，四十三岁的辛弃疾来到信州上饶（今江西上饶）城郊的带湖闲居，时间长达十年。这首词即作于此期间。

　　词题"书博山道中壁"，表明这首词写在博山山道的岩壁上。博山在上饶附近，风景优美，辛氏在博山寺旁筑有"稼轩书屋"，常往来于博山道中，先后在这里写下了十几首词。

《汉苑图》局部　元代·李容瑾

句 解

少年不识愁滋味，爱上层楼

"层楼"，高楼。

在古典诗词中，登楼与发愁紧紧相连，几乎结成不解之缘。这大概是因为登上高楼，极目远望，茫茫四野，浩浩长天，最容易触动人们的愁肠，引起感慨万千。杜甫《登楼》诗曰"花近高楼伤客心，万方多难此登临"；柳永《八声甘州》（对潇潇暮雨洒江天）中有"不忍登高临远，望故乡渺邈，归思难收"。最为典型的是陈子昂的《登幽州台歌》，诗人站在幽州高高的楼台上，发出了千古绝唱："前不见古人，后不见来者。念天地之悠悠，独怆然而涕下！"

登楼令人发愁，令人伤心，令人落泪。而这些人之所以触景伤情，或因人生坎坷，世事沧桑，或因漂游在外，思念家乡，或因壮志难酬，寂寞难耐，总之，心底都装着这样那样的"愁"。但年少时的辛弃疾，分明不识"愁"为何物，却偏偏"爱上层楼"。

爱上层楼，为赋新词强说愁

原来，他的"爱上层楼"，是为了要写出新的词句，无愁寻愁，强要说愁。

少年人涉世不深，心底事浅，更不懂得人生艰难，即使登楼，也是"指点江山，激扬文字"，能有多少浓重的忧愁呢？这愁不过是无根之愁、做作之愁，是故作深沉、无病呻吟的"愁"。

"少年不识愁滋味，为赋新词强说愁"，词人不仅是写年少时的自己，也写出了青春少年常有的特征。

而今识尽愁滋味，欲说还休

如今的辛弃疾，尝尽了"愁"的滋味，却不愿再说"愁"了。这时的"愁"，不再是年少强说的"愁"，而是四十多年坎坷人生路上实实在在的"愁"。

辛弃疾自南归以来，始终未能实现其驱除金兵、复国中兴的壮志。不仅如此，由于他来自被金兵占领的北方，南宋统治者一直对他存有戒心，不愿委以重任。此次更遭人诬陷，削职罢官，长期闲置。信而见疑，忠而被谤，这叫他怎能不"愁"？

这"愁"里，有忧国忧民之愁，有抑郁不得志之愁，有知音难觅之愁，有年华将逝一事无成之愁……这些愁重重地压在心口，叫他无从说起。

欲说还休，却道天凉好个秋

饱经世事的辛弃疾已经不再说"愁"，只说天气凉快了，多好的一个秋天啊。顽强的他似乎在劝慰自己：既然南归报国是自己的选择，那就只有去直面一切后果，不论好坏。所有的"愁"都不要再说了，说了只会徒增悲伤。把忧愁压住，也许还能悠闲地体会春暖秋凉、春华秋实。

细细体味，我们还是能读出词中所蕴含的深远的悲凉。"天凉"，正是词人心凉的表现。回忆南归以来，备受猜忌、排挤、冷落，如今不惑之年已过，依然国耻未雪，壮志未酬，词人怎能不心生凉意？"好个秋"，初念起来似乎很轻松，多读几次，就会觉出一股悲凉。

唐人刘禹锡《秋词》言："自古逢秋悲寂寥。"在古典诗歌中，"秋"常常意味着萧瑟、悲凉。诗人们非常偏爱"秋"，尤其是失意的诗人。从战国时期宋玉"悲哉秋之为气也，萧瑟兮草木摇落而变衰"，到唐代王勃"长江悲已滞，万里念将归。况复高风晚，山山黄叶飞"；从南唐李煜"无言独上西楼，月如钩，寂寞梧桐深院锁清秋"，到苏轼"世事一场大梦，人生几度秋凉"——"秋"总带着"悲"与"愁"。辛弃疾笔下的"秋"也是这样。"好个秋"并不是说秋风送爽、果实累累、红叶满山的美好，而是秋风萧萧，凉意逼人。

评 解

这首词明白如话，却语浅意深。全词通篇写一个"愁"字，以少年时的假愁、闲愁，对比、反衬中年时的真愁、深愁。词人将大半生的人生体验浓缩在这个"愁"字中，感情深沉悲凉，动人肺腑。

《溪山秋色图》局部 宋代·赵伯

丑奴儿近

博山道中效李易安体

千峰云起，骤雨一霎儿价。

更远树斜阳，风景怎生图画！

青旗卖酒，山那畔别有人家。

只消山水光中，无事过这一夏。

午醉醒时，松窗竹户，万千潇洒。

野鸟飞来，又是一般闲暇。

却怪白鸥，觑着人欲下未下。

旧盟都在，新来莫是，别有说话？

题 解

此词作于辛弃疾闲居上饶带湖期间，与《丑奴儿·书博山道中壁》应为同时作品。

词题标明"效李易安体"，李易安即李清照（1084-1155？），宋代著名女词人，也是辛弃疾的同乡。其词婉约清丽，善于"用浅

《夏山欲雨图》局部　清代·董邦达

俗之语，发清新之思"，人称"李易安体"。闲居乡间的辛弃疾非常推崇"李易安体"，并在自己的一部分作品中有意仿效、学习。

句 解

千峰云起，骤雨一霎儿价

山中夏日的天气，阴晴不定。初时，滚滚乌云从群山中涌出，迅速铺满天空；紧接着，暴雨刹那间倾盆而下，千峰万壑皆笼罩在雨幕之中；不过骤雨只是一阵子，忽地雨收云散，天青日出。"一霎儿"，宋代口语，一会儿工夫。"价"，也是当时口语，语尾助词。

更远树斜阳，风景怎生图画

经雨水清洗后的远树反射着斜阳，清新明媚。这样的风景，又怎能画得出来呢？"怎生"，怎样，如何。

青旗卖酒，山那畔别有人家

词人继续走在山道中，忽见山那一边，青色酒旗在绿树丛中高高飘扬。原来这深山中还有卖酒的人家。

只消山水光中，无事过这一夏

千峰、山云、远树、斜阳，这画都画不出的风景已令词人陶醉。意外地发现卖酒人家，更让他惊喜了。所以他慨叹道，只想在这山色水光中，无牵无挂地度过这个夏天。

这两句既用以收束上片的景物描写，又表达了词人屏除尘世种种干扰、惟求闲散安宁的心境，为下片进一步抒写闲情张本。

午醉醒时，松窗竹户，万千潇洒

"午醉"承上片"青旗卖酒"而来，前后关合。词人从中午的醉梦中醒来，只见窗下门前，青松疏朗、翠竹婆娑，风情万千，令人心旷神怡。

野鸟飞来，又是一般闲暇

恰在这时，野鸟飞来，更让人感到闲适、惬意之趣。

却怪白鸥，觑着人欲下未下

惟一让词人感到美中不足的，只有白鸥。它们窥探着人，似乎想下，却又在天空盘旋犹豫。"觑"，窥探，偷看。

旧盟都在，新来莫是，别有说话

词人不禁责问它们："我"可是与你们有过互不猜疑的盟约啊，你们怎么违背旧盟呢？

辛弃疾退隐带湖之初，曾作《水调歌头》（带湖吾甚爱），中有"凡我同盟鸥鹭，今日既盟之后，来往莫相猜"之句。相传白鸥是最无机心的禽鸟，人称"忘机鸟"。辛弃疾与白鸥结盟，是表明自己厌倦机心，从此要远离世事，惟与自然相亲。

然而，连曾经跟他有过盟约的、最无机心的白鸥，如今也不相信他了。词人在最后假托与鸟儿对话，来表达他对自己在官场上遭受猜忌、倾轧的不满，以及他渴望在自然中物我两忘，得到解脱的意愿。

看来，再奇幻的天气，再幽美的景色，再闲适的山居生活，都无法令辛弃疾真正忘怀现实，无法抹去他心中的不平，减轻他深重的忧愁。

评 解

辛弃疾的大部分词作，喜欢化用历史典故和前人诗句，书卷气很浓。而这首词标明"效李易安体"，一改往日书卷之气，用的几乎都是当时的俗语白话，自然平易，全无雕琢藻绘的痕迹，但又能于平淡中显出清新之美，的确有些李清照的风格。

《江山万里图卷》局部　南宋·赵芾

清 平 乐

独宿博山王氏庵

绕床饥鼠，蝙蝠翻灯舞。
屋上松风吹急雨，破纸窗间自语。

平生塞北江南，归来华发苍颜。
布被秋宵梦觉，眼前万里江山。

题 解

　　本篇亦作于辛弃疾闲居带湖期间，描写的是他往来博山途中独
宿王氏庵的情形。

绕床饥鼠，蝙蝠翻灯舞

饥饿的老鼠绕着床窜来窜去，蝙蝠围着昏黑的油灯上下翻舞。词的开篇两句，就营造出一种荒落、阴森的氛围。

屋上松风吹急雨，破纸窗间自语

狂风夹带着松涛，犹如汹涌波涛般放声呼啸；大雨瓢泼而下，急促地敲打着屋顶；糊窗纸被风撕裂，呼呼作响，仿佛自说自话。

这是一个阴森森的破庵。与诸多宁静的山寺不同，这里充满了动荡不安的因子。词人见到的，不是面色平和的佛像，而是躁乱的老鼠、蝙蝠；听到的，不是悠扬的钟声，而是狂风的怒吼。

在这间荒寂破败的空庵，在这个风雨交加的夜晚，辛弃疾独宿难眠，前尘往事一并涌上心头。

平生塞北江南，归来华发苍颜

回顾自己的一生，辛弃疾心潮澎湃：从塞北辗转江南，如今归隐山林，已是容颜苍老，满头白发。

岁月流逝，盛年不再。当年的辛弃疾，"壮岁旌旗拥万夫，锦襜突骑渡江初"，何等豪迈雄壮！为驱走入侵者，光复家国，他远离故乡，来到江南。然而，时间蹉跎，壮志始终难酬。此时的他，已过不惑之年，只能悲叹"早生华发"。他是那么想收复中原，报效国家，那么想励精图治，让百姓安居乐业，但所有努力换来的结果却是被罢官免职，惟有闲居度日。

回首往事，辛弃疾无论如何也无法平息满怀的悲慨抑郁。但是，历尽波折的他依然"烈士暮年，壮心不已"。

布被秋宵梦觉，眼前万里江山

一阵凄冷的秋风吹透了单薄的布被，词人突然惊醒，眼前依稀还是梦中的万里江山。

尽管青春不再、迟暮已至，尽管身处逆境、壮志东流，辛弃疾仍然胸怀天下，即便是在梦中，也始终不忘收复失地、一统国家的大业。

这样的结尾，将之前凄凉悲伤的基调，立刻转变成壮怀激烈的豪情。全词的境界顿时提高，使人荡气回肠、振奋激昂。

同时期的爱国诗人陆游在《十一月四日风雨大作》诗中写道："夜阑卧听风吹雨，铁马冰河入梦来。"相似的环境，一样的梦境，不论陆游，还是辛弃疾，都从来没有忘记过失地之痛、人民之苦。

评解

词的上片写独宿王氏庵的深夜见闻，用笔精细，词境凄厉。下片抒情写梦境，大处落笔，寓千里于尺幅之中。结尾奇峰突起，境界大变。在万里江山的阔大背景下，我们似乎看到了词人高大的爱国者形象，触抚到了他跃动着的拳拳之心。

《富春山居图》局部 元代·黄公望

清平乐

村 居

茅檐低小，溪上青青草。

醉里吴音相媚好，白发谁家翁媪？

大儿锄豆溪东，中儿正织鸡笼。

最喜小儿无赖，溪头卧剥莲蓬。

题 解

此词作于辛弃疾闲居带湖期间。词中描写了江西农村一个普通人家的生活情态。

句 解

茅檐低小，溪上青青草

词的开头，词人还未走近村舍，只是从远处望见低小的茅屋，还有溪畔绿油油的青草。

杜甫《绝句漫兴》有"熟知茅斋绝低小，江上燕子故来频"的句子。和杜诗中的情形一样，辛弃疾所见到的茅屋也在水边。清澈的小溪潺潺流淌，绿绿的春草蔓延不绝，再配上溪旁的茅屋人家，一片生意盎然。

醉里吴音相媚好，白发谁家翁媪

微微带着醉意的词人沿着溪水，来到这村舍茅檐旁，还在屋外，就听到有人正说着绵软的吴音，相互打趣取悦。什么人有这么动听的声音？难道是年轻的情侣在诉说衷肠？好奇的词人进去一看，原来是一对白发苍苍的老夫妇，在家中娓娓地叙着家常。"吴音"，江西上饶一带古属吴国，故称"吴音"。"媪"，古时对老年妇女的尊称。

未见其人，先闻其声。词人设置了一个悬念，不仅制造出出人意外的效果，也更能体现老人晚年生活的悠闲安宁。

另有一种解释认为，词中的"醉里"并非用于形容词人，而是形容这对白发老人。老公公老婆婆一边喝着酒，一边带着醉意闲谈取乐。但如此一来，这两句便都成了词人对进入茅屋后所见情形的描写，失去了先闻其声，后见其人的效果，同时也无从表现词人乡居生活的悠闲自在。

老人在照看房屋，家里其他人到哪儿去了呢？

大儿锄豆溪东，中儿正织鸡笼。最喜小儿无赖，溪头卧剥莲蓬

大儿在小溪东边的豆田里锄草；二儿正在编织鸡笼；最可爱的

是小儿，年纪尚小，做不了什么农活儿，正趴在溪边，调皮地剥着莲蓬吃着莲子。"无赖"，这里指活泼顽皮。

这好像是老公公老婆婆在回答词人的问话，也好像是词人在老公公老婆婆的指引下见到的情形。不管是哪种情况，字里行间都洋溢着快乐的气息。老人们对后辈的疼爱之情，也溢于言表。

老人看家，孩子在家附近干着力所能及的事情，农家人的生活就是这样快乐自足。在辛弃疾笔下，乡村生活没有烦恼，虽然忙碌但是安宁。这正是他理想中百姓的生活状态。

评 解

这首词轻笔淡墨，宛然一幅农家素描，令人赏心悦目。词人将醉眼所睹信手写来，语言朴质平易，画面鲜活生动。所写之景，清新恬淡，所写之人，各具面目，读来只觉历历在目，又叫人浮想不绝。短短四十六字的小令，写出如此丰富的内容，足见词人观察之细微，艺术概括之高妙。

从这首稼轩乡村词的代表作中，我们可以窥见这位雄豪之士精神世界中淳厚质朴，追求闲适从容、朴实平淡的另一面。

《茅亭话旧图》局部　明代·蓝瑛

清平乐

检校山园，书所见

连云松竹，万事从今足。

拄杖东家分社肉，白酒床头初熟。

西风梨枣山园，儿童偷把长竿。

莫遣旁人惊去，老夫静处闲看。

题 解

　　自宋孝宗淳熙九年（1182）至光宗绍熙二年（1191），辛弃疾被罢官闲居于上饶城北的带湖长达十年之久。据今人邓广铭《稼轩词编年笺注》推论，此词"当作于隐居带湖最初之三数年内"。辛弃疾在带湖的居第依山而建，所以他称之为"山园"。从词序可知，词写的是他巡视山园的所见。

连云松竹，万事从今足

郁郁葱葱的青松翠竹，与云端相连。生活在这青松、翠竹、白云间，辛弃疾怡然自足。

他所以感到"万事从今足"，不仅是因为可以徜徉于山间林泉，更因为松竹身上，寄寓着他高洁的心性。松、竹、梅，岁寒三友也。在文人雅士看来，它们是坚贞顽强、持节不阿的象征。

"从今足"三字，说明这之前的辛弃疾从来没有感到满足过。这全是因为故乡沦陷，因为国家危难，因为壮志难酬。南归后的辛弃疾不但没能在抗金战场上英勇奋战，反而在复杂的官场上摔得头破血流。他痛苦、抑郁、怨恨，极度的失望中又还带着从不放弃的希望。

"连云松竹"是否真的就令辛弃疾从此心满意足了呢？从他闲居带湖时期的作品中可以看到，他依然还有愤懑、不平，他始终是一个铮铮铁骨的爱国英雄。不过，幽美的自然环境，闲适的乡村生活，还是能淡化他的愁怀，或者暂时让他忘记烦忧。

拄杖东家分社肉，白酒床头初熟

闲居的词人亲自拄着竹杖，到村东头主持祭祀的人家分回应得的一份社肉，而自家新酿的白酒正好刚从糟床上榨出来。有酒有肉，足可醉饱逍遥。"社肉"，古时乡俗，春秋两次祭土地神，称社日，祭神结束后，会将作为祭祀品的牲畜熟肉分给各家，以求降福。"床头"，指糟床，酿酒器具。

能分得社肉，说明闲居乡里的词人已经融入了当地百姓的生活。就着社肉，喝着新酒，在词人看来，这样的生活悠哉游哉、休闲自适，更可令他"万事从今足"。

西风梨枣山园，儿童偷把长竿

秋天的西风吹熟了山园里的梨子、枣子，孩子们拿着长长的竹竿，在树下偷偷地打果子吃。

乡村人家的果树长在房前屋后，顽皮的孩子总会趁主人不注意偷打几个果子。一个"偷"字，表现出孩子们小心翼翼的样子。他们大概是边打果子，边紧张地东张西望，看看有没有人来。

莫遣旁人惊去，老夫静处闲看

辛弃疾发现了这些顽皮的村童，却毫不生气，反而命令家人：不要去惊动这些可爱的孩子！他自己则找了一个僻静的地方躲了起来，安闲地看着孩子们把刚熟的梨枣打摘个够。

秋风中，褐色的梨、红色的枣挂满枝头，几个小孩踮着脚，手里的长长竹竿在树上晃来晃去；另一边的角落里，白发的"老夫"躲在静处，微笑着观看这些孩子的"小把戏"。画面中一老一少，一动一静，妙极趣极。

这一场景很容易让人联想到杜甫的《又呈吴郎》："堂前扑枣任西邻，无食无儿一妇人。不为困穷宁有此？只缘恐惧转须亲……"杜甫怜惜偷枣的穷老妇人，是同情她的遭遇；辛弃疾任由孩子们偷枣，是出于由衷的爱怜，也是为了感受他们的快乐。虽然两人面对的情况不同，但其中的宽厚、人道是相通的。

这首秋日即事的小令，用平实朴素的描叙，写词人闲居期间田园生活之乐趣，表达了他闲适达观的心情和对乡村风土人物的由衷喜爱。

八声甘州

夜读《李广传》，不能寐。因念晁楚老、杨民瞻约同居山间，戏用李广事，赋以寄之。

故将军饮罢夜归来，长亭解雕鞍。

恨灞陵醉尉，匆匆未识，桃李无言。

射虎山横一骑，裂石响惊弦。

落魄封侯事，岁晚田园。

谁向桑麻杜曲，要短衣匹马，移住南山。

看风流慷慨，谭笑过残年。

汉开边，功名万里，甚当时健者也曾闲？

纱窗外，斜风细雨，一阵轻寒。

《五王醉归图卷》局部　元代　任仁发

题 解

辛弃疾并不是第一次读《史记·李将军列传》。但在特殊的时期——被弹劾罢官闲居上饶带湖之时，再一次读《李将军列传》，让他感慨万千，夜不能寐。他想起了友人晁楚老、杨民瞻约自己同隐山间的邀请，就引用有关李广的典故写了这首词，以明心迹。

李广（？－前119），西汉名将，率领汉军抵御匈奴入侵，英勇善战，使匈奴数年不敢攻扰，人称"飞将军"。李广虽战功累累，却不但未被封侯，还多次被罢免或降职，最后受屈含愤自杀。辛弃疾闲居期间的作品多次提到李广，因为李广的遭遇常常使他联想到自己。

句 解

故将军饮罢夜归来，长亭解雕鞍。恨灞陵醉尉，匆匆未识，桃李无言

这段故事出自《史记·李将军列传》。李广因与匈奴作战失利而被罢官，闲居在长安附近的终南山。一天，李广深夜醉归，路经灞陵亭，恰亭尉醉酒，不许李广通过。随从通报："这是故将军。"亭尉言："现任将军尚且不准夜行，何况故将军！"遂令李广宿于亭下。

"桃李无言"，是谚语"桃李不言，下自成蹊"的略写，意为桃李虽不会说话，但喜爱它们的人络绎不绝，在树下踩出了路来。

司马迁在《史记·李将军列传》末尾用"桃李不言"的谚语来赞美李广虽不善辞令，却是天下景仰的英雄。

李广无端遭到灞陵亭尉的呵斥轻侮，无非是因为他已被废罢，是无权无势的"故"将军。而此时的辛弃疾，同样是被罢官闲居，所以他才会对李广的这次遭遇耿耿于怀，才会写道"恨灞陵醉尉"。

这个"恨"字，所责备的其实并不仅仅是浅薄势利、不识英雄的亭尉。亭尉固然可恨可鄙，但朝廷又有谁能识拔这位屡建奇功、一心为国的志士呢？不正是因为朝廷的罢免，才使本应驰骋沙场的将军借酒浇愁，饮罢夜归吗？辛弃疾真正"恨"的，是对英才的摧残。

射虎山横一骑，裂石响惊弦

谁会想到，今日受小小亭尉侮辱的"故将军"曾经是多么的强悍威猛。辛弃疾没去写李广如何英勇杀敌，只举了一个日常的例子：一日李广出猎，误将草中巨石认成老虎，引弓劲射，箭穿石而入。

然而，无论多么神武强悍，无论立下多少功业，李广终究还是成为了"故将军"。这令辛弃疾无限感慨。

落魄封侯事，岁晚田园

据《史记·李将军列传》，李广一生经历大小七十余战，"自汉击匈奴，而广未尝不在其中"，虽屡立战功，但始终未被封侯，晚年更被废为庶人，闲居山间。对自己的遭遇，李广愤愤不平。他自言"诸部校尉以下，才能不及中人，然以击胡军功取侯者数十人。而广不为后人，然无尺寸之功以得封邑者，何也？"

辛弃疾赞赏李广，同情李广。李广的豪情壮志和坎坷遭遇，与他自身如此相似，所以他与李广"同病相怜"，更对这种不公郁愤难平。

谁向桑麻杜曲，要短衣匹马，移住南山。看风流慷慨，谭笑过残年

杜甫《曲江三章》其三云："自断此生休问天，杜曲幸有桑麻田，故将移住南山边。短衣匹马随李广，看射猛虎终残年。"

辛弃疾摘取杜诗，而冠以"谁向"，表示自己不愿应友人之约，像杜诗中描绘的那样隐居田园，种桑植麻，了此余生。他想要的，是随李广猎居南山，骑马射箭，在雄壮豪迈、慷慨激昂中度过剩下的岁月。

历史上，被罢免闲居的李广后来又被起用。或许辛弃疾从李广的经历中，多少看到了希望——李广尚有再上沙场抗击匈奴的机会，我辛弃疾又怎么一定不会有呢？因而，他拒绝隐居田园，悠悠闲闲，而是要保持斗志，等待时机东山再起。可以说，不管受到多少打击，辛弃疾驰骋沙场、收复中原的雄心壮志从来没有熄灭过。

汉开边，功名万里，甚当时健者也曾闲

汉代重视开辟疆土，多少人在万里边疆建立了功名，但为什么还有像李广这样令敌人闻而丧胆的英雄人物被等闲视之，闲置高阁？

而如今，国家急需能人志士抗击金兵、一统大业，辛弃疾的满腔报国热情却无人理会。英雄无报国之门，看来自古如此。更何况当下之南宋，朝廷不思进取，国势衰颓，远不能与汉朝相比。汉时李广尚被闲置数年，辛弃疾的命运又会如何呢？

　　纱窗外，斜风细雨，一阵轻寒

　　词人将视线从桌上的《史记》移向窗外。他无法回答自己的问题。能人志士被闲置不用，不就是当权者排斥忠良、统治者昏庸无能所致吗？但这个答案，实在太尖锐了，他不能说出。于是他只好说说窗外的"斜风细雨，一阵轻寒"。

　　苏轼《和刘道原咏史》一诗中有"独掩陈编吊兴废，窗前山雨夜浪浪"。和苏轼一样，辛弃疾也"摧刚为柔"，将读史的万千感慨都寄托于眼前之景，含蓄蕴藉，引人深思。

评 解

　　词人借李广故事，申诉自己无端落职、赋闲家居的不平，表达对当权派倾轧忠良的不满，同时抒写自己虽遭打击而意志不衰的壮士怀抱，是典型的借古人酒杯、浇胸中块垒之作。全词将史事典故、前人诗句与自己的感慨情绪化为一体，鲜明地体现了辛词善于用典的特色。

贺新郎

同甫见和，再用韵答之

老大那堪说？

似而今元龙臭味，孟公瓜葛。

我病君来高歌饮，惊散楼头飞雪。

笑富贵千钧如发。

硬语盘空谁来听？

记当时，只有西窗月。

重进酒，换鸣瑟。

事无两样人心别。

问渠侬，神州毕竟，几番离合？

汗血盐车无人顾，千里空收骏骨。

正目断关河路绝。

我最怜君中宵舞，道男儿到死心如铁。

看试手，补天裂。

《琉璃堂人物图》局部　五代·周文矩

题 解

　　此词作于淳熙十六年（1189）春。同甫，辛弃疾好友陈亮
（1143－1194）的字。辛、陈二人结识于中原。此后辛弃疾南归在
朝为官，陈亮仍是一介布衣，虽然"云泥异路"，却仍肝胆相照。
淳熙十五年（1188）冬，陈亮冒着风雪，从浙江东阳跋涉三百里，
来到辛弃疾罢官后闲居的带湖相聚。分别后，辛弃疾追之不舍，但
为风雪所阻，惆怅而归后写下一首《贺新郎》寄给陈亮。陈亮很快
和了一首《贺新郎·寄辛幼安和见怀韵》。辛弃疾见到陈亮和词
后，写下了这首词酬答。

句 解

老大那堪说

　　此时的辛弃疾年已五十，解职已经八年。这开篇第一句虽是接
陈亮和词中"老大凭谁说"的话头，却浸透了辛弃疾几十年的辛酸
苦泪。二十出头，叱咤风云；年过半百，理想落空。老大无成，还
能有什么话可说呢？

似而今元龙臭味，孟公瓜葛

　　辛弃疾感叹道，往事不堪回首，如今也只有他和陈亮二人的情
谊可堪一提。

　　"元龙"，三国名士陈登的字。陈登忧国忧民，以天下为己

任。"孟公"，西汉陈遵的字。陈遵生性豪爽，嗜酒好客，每宴宾客，为畅饮尽兴，便闭上门户，把客人所乘之车的车辖扔到井中，令客人无法离去。

辛弃疾连用古代两个陈姓豪士来比拟陈亮，说自己与陈亮思想一致，志趣相投，互为知音。因此尽管和陈亮一别已经多日，辛弃疾仍对二人相聚的情形念念不忘。

我病君来高歌饮，惊散楼头飞雪

陈亮来访时，辛弃疾正卧病于床。多年好友忽然出现在眼前，令病中的辛弃疾一下变得兴致勃勃。他们登上高楼，对酒高歌，纵谈天下。

平日里的辛弃疾，大概只能无言"独"上高楼。而今日有好友相伴，高歌畅饮，意气风发，竟然使得楼头的积雪"惊散"，化作片片雪花飞扬。这夸张的"飞雪惊散"，将两人的英雄气概与狂放精神表现得淋漓尽致。

笑富贵千钧如发

世人觉得重如千钧的"富贵"在辛、陈二人眼中不过轻如毛发，完全可以一笑置之。他们看重的，是国家的前途，人民的命运。

硬语盘空谁来听

能让辛、陈二人谈论得如此激烈昂扬的，必定是收复中原、救济天下苍生的大事。然而，他们满腔的热情，换来的只是"硬语盘空谁来听"的结局。"硬语盘空"化用韩愈《荐士》诗"横空盘硬语，妥帖力排奡"，韩诗原意是赞孟郊诗歌语言刚硬，这里借指二人铿锵刚直的政治言论。

这些言论尽管益国益民，但是世无知音，治国的良言竟无人采纳。"谁来听"之问，其实是反问，因为辛弃疾明知曲高和寡，根本不会有人来听。这一问，既蕴含着他深深的悲哀，也是对朝廷当权派的严厉指问。

记当时，只有西窗月

当时陪伴他们的，只有西窗外泛着冷光的月亮。

可无知无觉的月亮怎能听懂他们的谈话，领会他们的心意呢？清冷的夜里，偌大的空间，只有辛弃疾与陈亮在激昂高歌、纵论时势，他们多么孤独、多么落寞！

重进酒，换鸣瑟

境遇的孤独凄凉，压不住志士们的慷慨激扬。夜虽已深，但他们兴致仍浓，于是一次又一次地斟酒，一次又一次地换乐。看来，他们是要彻夜长谈了。

"酒逢知己千杯少"，这么多的酒，也没能令辛弃疾在醉中忘怀忧愁。相反，在酒的刺激下，他所有的痛苦、激愤之情一下喷涌而出，势不可挡。

事无两样人心别

金人侵占中原，并不断欺压、勒索南宋小朝廷，面对这同样的事实，人心却有分别。抗战派力主收复失地，重振江山；主和派却一心求退，只求偏安一方。

在辛弃疾看来，这些主和的人简直不可理喻。收复沦丧的国土，这天经地义的事为什么在南宋小朝廷这里就不行了呢？

问渠侬，神州毕竟，几番离合

陈亮在和词中说，中原的父老大半死去，新生的人忘记了故国和民族，中原将要变成金人的领土。想到这些，辛弃疾悲愤异常，他愤怒地质问主和者：你们究竟要让神州大地在敌人的铁蹄之下分裂多久？国家的统一究竟什么时候才能实现？"渠侬"，江浙方言中对他人的称谓，这里指临安朝廷的那些当权人物。

汗血盐车无人顾，千里空收骏骨

"汗血"，即汗血宝马，因流汗如血而得名，奔跑如飞。汉武帝为了得到它，曾派二十万大军进攻其出产地西域大宛。"盐车"，《战国策》中有一个千里马拉盐车狼狈不堪的寓言，比喻优秀的人才不能被合理利用。

本应驰骋沙场的汗血宝马却被当作驽马来用，何其不幸，何其令人叹惋！辛弃疾与陈亮的命运就是如此。辛弃疾二十三岁南归后，为抗金复国献计献策，但朝廷却毫不理会。近二十年的宦海生涯，他屡遭打击，如今已被罢官闲置七年之久。陈亮的境遇更加悲惨。他力主抗金北伐，"独奋迹于草野，诋排众议，倡言恢复"，献爱国奏章于宋孝宗，令其赫然震动。然而就是这样一个忠贞之士，竟然被人"以为狂怪"，几乎被置于死地。

像辛弃疾、陈亮一样的人才被埋没、屈辱，而南宋朝廷执政者竟然还虚伪地标榜自己虚怀若谷，招贤纳士。

《战国策》记载，燕昭王想招贤，郭隗给他讲了这样一个故事：古时有国王想买千里马，有人替他花五百金买了一幅死马骨，国王大怒。此人辩曰，死马都肯出五百金，何况活马，如此一来，世人就都知你买马的诚意了。果然，不到一年，国王就买到了三匹千里马。

辛弃疾指出，纵然朝廷摆出一副肯花五百黄金购买骏马死骨的爱才姿态，对国家百姓又有什么实际意义呢？"千里空收骏骨"中的"空"字，不仅是说南宋朝廷的故作姿态毫无用处，也包含着辛弃疾对自己和陈亮一样的人才得不到重用的遗憾与怨恨。

正目断关河路绝

大雪茫茫，道路中断，不通关河。眼前之景令辛弃疾又想到了国家的中兴大业。收复中原之路不正像脚下的路一样，被人阻绝了吗？

我最怜君中宵舞，道男儿到死心如铁

尽管如此，抗金志士们也从未放弃过复国的理想。辛弃疾如此，他引为同道的陈亮亦是如此。

"中宵舞"，用东晋抗战名将祖逖"闻鸡起舞"事。据《晋书·祖逖传》，祖逖和刘琨二人为好友，共被同寝，每闻中夜鸡鸣，祖逖即唤醒刘琨，同去舞剑。辛弃疾在此将陈亮比作祖逖，赞赏他逆境之中依然奋发有为、雄心不死的精神。

看试手，补天裂

"补天裂"，传说远古时候，共工与祝融交战，不胜而怒，头撞不周山，撞折了天柱，天缺了一个大口，地也陷了下去，水生火起，人民挣扎在苦难之中。幸亏女娲炼五色石以补天，并砍断大鳌的四只脚，用它们支起天空，然后，她又治水灭火，使人民摆脱了苦难。

朋友陈亮的坚持与执着，令辛弃疾豪兴大发。他鼓励陈亮，同时也鞭策自己：一定要收复中原失地，整顿破碎的山河，拯救危难的国势！

评 解

全词慷慨悲歌，雄放苍凉，音节铿锵，读之字字响亮，如金石掷地。辛弃疾闲居带湖，念念不忘国事之作甚多，却以此篇最为激愤昂扬。

词中表现的辛、陈情谊深挚动人。杜甫曾用"世人皆欲杀，吾意独怜才"表达他对李白的情谊，而辛弃疾后来在为陈亮写的祭文中亦有"人皆欲杀，我独怜才"之语。李杜友情传为千古佳话，四百年后的辛、陈情谊，同样令人唏嘘感叹。

破 阵 子

为陈同甫赋壮词以寄之

醉里挑灯看剑，梦回吹角连营。
八百里分麾下炙，五十弦翻塞外声。
沙场秋点兵。

马作的卢飞快，弓如霹雳弦惊。
了却君王天下事，赢得生前身后名。
可怜白发生！

题 解

这首词大约写于辛弃疾和陈亮用《贺新郎》词调唱和之后不久。

唐代乐曲中有"象武事"的《破阵乐》，唐太宗赞其"发扬蹈厉"。《破阵子》之曲，当由此大曲摘编而来，以之"赋壮词"，自然声情并茂。但此词名为"壮词"，却壮中含悲，可说是一首失意英雄的慷慨悲歌。

《东丹王出行图》局部 五代·李赞华

句 解

醉里挑灯看剑，梦回吹角连营

黑夜，醉意朦胧的壮士挑亮油灯，反反复复地凝视、抚弄手中宝剑。这剑曾陪伴他驰骋沙场，杀敌无数，如今却被闲置一旁。

词的开篇突兀而起，以三个富有特征性的动作，塑造出了一位失意英雄的形象。虽然只有短短六字，却饱含丰富而深沉的感慨。酒后醉里的壮士，抚弄着熟悉的宝剑，心头必定充郁着万千惆怅，难遣难消。

宝剑的冷冷清辉，带着壮士回到了魂牵梦绕的军营。醉梦醒来，那响亮的号角犹然声声在耳。

八百里分麾下炙，五十弦翻塞外声

梦中的军营气氛依然热烈，将士依然豪迈。他们分吃着烤熟的大块牛肉，众多的乐器合奏出雄壮悲凉的塞外之歌。"八百里"，指牛，《世说新语·汰侈》："王君夫有牛，名八百里驳。""麾下"，部下。"炙"，烤熟的肉。"五十弦"，本指古乐器瑟，此处泛指各种乐器。"翻"，演奏。

沙场秋点兵

看着，听着，壮士很自然地回想起了自己的峥嵘岁月：秋日天空明净高远，辽阔的战场一览无余，身为主帅的他一身戎装，立于千军万马之前，镇定从容，检阅军队。秋风吹起军旗飘飘，也吹起了将士们的战袍。

这恢宏的气势，词人仅仅用了五个字，就描绘得如在眼前。

马作的卢飞快，弓如霹雳弦惊

继上片"点兵"之后，下片开始写战斗的惊险场面：战马像的卢一样快跑如飞，弓弦的响声如惊天霹雳。"的卢"，骏马名。相传三国时刘备在荆州遇难，所骑的卢马载着他一跃三丈，越过檀溪，得以解脱。

词人并未直接写如何英勇杀敌，但通过写马、写弓，人的意气风发、英勇无畏已经跃然纸上。

了却君王天下事，赢得生前身后名

壮士出生入死，拼搏沙场，是为了要"了却"君王平定天下的大事——驱除金兵，收复中原，从而建立一番不朽功业。

可怜白发生

沉醉在对过去的缅怀中，壮士激情万丈，字里行间洋溢着欣慰之情。然而，醉梦的他终究要面对残酷的现实：可怜头上白发已生，"了却君王天下事，赢得生前身后名"的壮志还只是一纸空文。

由梦境回到现实，词人的情绪一落千丈。令他觉得"可怜"的，并不是自己的老去。直到六十六岁时，不服老的他还写道："凭谁问，廉颇老矣，尚能饭否？"真正"可怜"的，是年华空逝、壮志难酬。

辛弃疾在词序中自言"为陈同甫赋壮词以寄之"。词的前面九句写得雄姿英发、酣畅淋漓，的确称得上是"壮词"；但到这最后一句，来了一个大转折，寥寥五字，却似乎一下否定了前面的所有文字，整首词的基调也由雄壮一变而为悲壮。

评 解

此词通过对青年时期横戈跃马战斗生活的深情回忆，抒发了词人报国无门、壮志难酬的苦闷。近人梁启超评曰"无限感慨，哀同甫，亦自哀也"，正是抓住了它的主旨。

全词的结构章法十分奇特，它打破了一般作词以一片为一个段落的成规，而是从上片起句一气贯注到下片"赢得生前身后名"一句，成为一个段落。下片的最后一句"可怜白发生"单成一段，一声浩叹，作大反跌。如此一来，对比强烈，鲜明地突显了理想和现实的矛盾。辛弃疾运用这样的手法，并非故意卖弄技巧、追求新奇，而是真情所致，心头百感喷薄而出，便自然而然地打破了常规。

《稻蟹图》局部　明代·项圣谟

西 江 月

夜行黄沙道中

明月别枝惊鹊，清风半夜鸣蝉。

稻花香里说丰年，听取蛙声一片。

七八个星天外，两三点雨山前。

旧时茅店社林边，路转溪桥忽见。

题 解

　　此词为辛弃疾罢官闲居带湖时所作。黄沙，指黄沙岭，位于
上饶城西四十里处，闲居的辛弃疾常来此游玩，很欣赏这里的溪
山之美。这首词写的便是某个夏夜，他行于黄沙岭田间小路上的
所见所闻。

《夏山欲雨图》局部　清代·董邦达

句 解

明月别枝惊鹊，清风半夜鸣蝉

词的前两句，由六个名词词组组成，描绘出了一幅清新的乡村夏日夜景：夜空晴朗，月亮悄悄升起，投下如水的月光，惊起了枝头的乌鹊；夜半时分，清风徐徐吹来，把蝉的鸣叫声也送了过来。

乌鹊对光线的变化极其敏感，月上时分，它们常会被月光惊起，乱飞乱啼。曹操《短歌行》有"月明星稀，乌鹊南飞。绕树三匝，无枝可依"，苏轼《杭州牡丹》有"月明惊鹊未安枝"。

首句中"别枝"之意，一直众说纷纭。有解作"远枝"；有解作"斜伸的树枝"；有解为"乌鹊要离开树枝飞走"；有解为"乌鹊拣选树枝"；还有人解为"月亮离别了树枝"。虽然难有定论，但从一二两句对偶考虑，"别枝"对应"半夜"，"别"字当是形容、修饰"枝"的，故解释为"远枝"或"斜伸的树枝"似乎更为恰当。

词人虽是夜行，却似乎一点也不着急。我们仿佛看见他不紧不慢地行走在山路上，一会儿看看明月走到哪里了，一会儿听听乌啼蝉鸣，悠闲自得。此时的他，没有需要快马加鞭的紧急公务要处理，也不用为他人的指责、诽谤而彻夜难眠。虽然遭弹劾免职，胸中还有诸多愤懑愁苦，但美丽的自然和恬淡的乡村生活替他化解了部分的愤激之情。所以，在这美好的夏日夜晚，走在宁静的山间小路上，他已经完全沉浸于清风明月之中。

稻花香里说丰年，听取蛙声一片

路旁的稻田里，稻花飘香，预告着又一个丰年的到来。田里的青蛙也不甘寂寞，阵阵叫声此起彼伏，连成一片。

七八个星天外，两三点雨山前

月光下，嗅着稻花的香味，听着蝉鸣蛙叫，轻松愉快的词人继续信步前行。抬头望空，"七八个星"挂在天边，稀稀落落，原来星星们都叫乌云给遮挡住了。突然，山前下起小雨来，"两三点雨"滴落到了词人身上。

这一来，刚才还闲情逸致的词人不禁有些着急了。夏日的天，说变就变，也许一场倾盆大雨就会继之而来呢？他加快了脚步，赶着寻找避雨之所。

旧时茅店社林边，路转溪桥忽见

从山岭小路转过弯，过了一座溪桥，就在土地庙旁的树林外，一座茅屋突然出现在词人眼前。高兴的他细细一看，竟然就是从前落过脚的那家小店！"社"，土地庙。

评 解

这首词以轻快灵活的笔调，描绘了宁静而又生机勃勃的乡村夏夜景象。词人将眼中所见、耳中所闻信手拈来，略加点染，置入画面，看似粗枝大叶，实则别具风流。词中美景与闲情融为一体，没有高深的典故和华丽的词藻，却清新可人，生动有趣。

水 龙 吟

过南剑双溪楼

举头西北浮云，倚天万里须长剑。

人言此地，夜深长见，斗牛光焰。

我觉山高，潭空水冷，月明星淡。

待燃犀下看，凭栏却怕，风雷怒，鱼龙惨。

峡束苍江对起，过危楼，欲飞还敛。

元龙老矣，不妨高卧，冰壶凉簟。

千古兴亡，百年悲笑，一时登览。

问何人又卸，片帆沙岸，系斜阳缆。

题 解

宋光宗绍熙三年（1192）春，已在带湖闲居十年之久的辛弃疾
被重新起用为福建提点刑狱。次年春，受召入朝，留在朝中做太府

《烟江叠嶂图》局部　明代·文徵明

少卿。为期刚半年，朝廷又派他重回福州任知州兼福建路安抚使。返闽后他大刀阔斧改革弊政，扩军练军，招来既得利益者的不满和嫉恨。绍熙五年（1194）秋，辛弃疾再次被诬告落职，只得再度回到江西农村闲居。在归途中，他经过南剑州（治所在今福建南平市），登上双溪楼，写下了这首词。双溪楼，因建在南平剑溪、樵川二水汇流之处而得名。

句 解

举头西北浮云，倚天万里须长剑

此时的辛弃疾已经五十五岁，南归已经三十三年。站在高高的双溪楼上，他又习惯性地朝西北方向眺望。然而，映入他眼帘的，却是西北上空遮天蔽日的浮云。浮云之下的中原失地，会是如何一片水深火热、生灵涂炭啊！

想到这些，辛弃疾心潮难平。他环视四周，只见剑溪边的山峰峭拔千仞，如长剑斜立天边。这启发了他："倚天万里须长剑"，要想收复中原，重整万里江山，同样需要如此强有力的力量。

人言此地，夜深长见，斗牛光焰

由设想中的倚天长剑，词人又就地想起了剑溪所埋的两把灵异宝剑。

据《晋书·张华传》，西晋张华见斗、牛二星间有紫气，向雷焕请教。雷焕回答这是宝剑神光冲天，宝剑应当在江西丰城地区。张华于是派雷焕到丰城任县令，果从地下掘得双剑，一名"龙泉"，一名

"太阿"。挖出宝剑当晚，斗、牛间的紫气就消失了。雷焕送一剑给张华，一剑自佩。张华死后，其剑随之失踪。雷焕死后，其子持剑过延平津（即剑溪），宝剑忽于腰间跃出，飞入水中。下水寻找，不见宝剑，只见双龙盘旋，顷刻间，水面光彩照人，波浪翻腾。

我觉山高，潭空水冷，月明星淡

词人并未得见宝剑的冲天神光，只觉山势高峻，而传说中宝剑化龙之潭空空荡荡，只剩下一潭冷水。举头望空，月色明亮，星光暗淡。

待燃犀下看，凭栏却怕，风雷怒，鱼龙惨

一心寻求宝剑的词人想点起火把，到潭中探寻，却又担心惹起水底妖魔兴风作浪。"燃犀"典出《晋书·温峤传》：东晋将军温峤路过牛渚矶，水深不可测，人言水中多妖。温峤点燃犀角下照，一会儿，水底就涌出各种妖怪。"鱼龙"，指水中妖魔。"惨"，狠毒之意。

峡束苍江对起，过危楼，欲飞还敛

不能深入潭下，词人只好继续在楼上观山峡江涛。剑溪、樵川两条江水汇合后，流过高高的双溪楼，水势激荡，奔腾欲飞，却因有峡谷的束缚，不得不有所收敛。

元龙老矣，不妨高卧，冰壶凉簟

看着汹涌的江流被峡谷所束，词人想到了受制于时局的自己。他对自己说，"我"已经老了，不妨一壶冷酒，一张竹席，退隐闲

居，不问世事，悠悠闲闲地度过余生吧。

"元龙"，汉代名士陈登的字。陈登心系天下，忧国忧民，辛弃疾在此以其自喻。历经多年奋战、磨难，他已经老了，疲惫不堪，此番又遭罢退打击，只好强作达观，劝慰自己。

千古兴亡，百年悲笑，一时登览

站在这"危楼"之上，一时间，千年兴亡的历史长河，百年兴衰的国家命运，还有自己几十年间的身世浮沉、喜怒哀乐，一并从词人眼前流过。此时的他，胸中该翻滚着多少波涛？

问何人又卸，片帆沙岸，系斜阳缆

心潮澎湃的词人再次将目光投向远方：夕阳西下，试问是何人在斜阳中的沙岸边卸帆系舟？

收起缆绳，意味着不再扬帆，意味着回家。尽管此时的辛弃疾胸中依然满怀着激情，心中依然记挂着国运，但他也只能归去"高卧"了。

评 解

辛弃疾的登览词多写得雄放壮阔，而这首词撷取当地传说，关合眼前景色，婉曲顿挫，并非径自豪放一路。

词的上片以宝剑起兴，呼唤"倚天剑"扫荡西北浮云妖孽，豪气笼盖全篇。接着援引宝剑在此地化龙的神话，以用来克敌制胜的"宝剑"已难寻到，象征南宋抗金力量久遭沉埋，难以重振。继之以想燃犀寻剑，却又怕水中妖魔作怪，暗喻自己虽想继续报国，却遭小人阻拦。下片先以峡束苍江比喻英雄受困于时局，然后写内心的矛盾：一方面深深忧虑国家前途命运，一方面无能为力，只能勉强安慰自己"不妨高卧"。全篇悲慨难抑，沉雄顿挫，呈现出典型的稼轩词风格。

沁 园 春

灵山齐庵赋，时筑偃湖未成

叠嶂西驰，万马回旋，众山欲东。

正惊湍直下，跳珠倒溅；小桥横截，缺月初弓。

老合投闲，天教多事，检校长身十万松。

吾庐小，在龙蛇影外，风雨声中。

争先见面重重，看爽气朝来三数峰。

似谢家子弟，衣冠磊落；相如庭户，车骑雍容。

我觉其间，雄深雅健，如对文章太史公。

新堤路，问偃湖何日，烟水濛濛？

题 解

　　此词约作于庆元二年（1196）辛弃疾闲居瓢泉期间。绍熙五年
（1194），辛弃疾再度罢官从福建回到江西后不久，其带湖住宅不幸

《仿古四季山水图》局部　清代·王翚

失火烧毁，于是他举家迁徙到铅山县瓢泉。他在瓢泉的闲居生活，和之前在带湖大致相同，时时游山玩水、赏花饮酒、赋诗填词。

　　灵山，位于江西上饶境内，古人有"九华五老虚揽胜，不及灵山秀色多"之说，足见其山色秀美。词序表明，这首词是在灵山的齐庵所作，当时新筑之偃湖尚未落成。

句　解

叠嶂西驰，万马回旋，众山欲东

　　重重叠叠的群山如万马奔腾，急驰向西，突又盘旋回转，掉头向东而去。

　　山如万马奔腾，这样新奇的想象在辛弃疾笔下早已有之。远在宋孝宗淳熙元年（1174），他的一篇《菩萨蛮》即写道："青山欲共高人语，联翩万马来无数。"不过，本词后来居上，想象更为丰富，笔下群山也显得更加勇猛豪迈：西驰中猛然回旋，其奔腾跳跃、盘旋凌空之态，栩栩如生。灵山之险峻，由此可见。

正惊湍直下，跳珠倒溅；小桥横截，缺月初弓

　　山的雄壮必有水的轻灵来衬托，于是词人接下来写水：正看见飞流直下，惊天动地，水珠跳起，四处飞溅；流泉之上，小桥横跨，宛如新月初生。

　　与写山的壮美不同，雄放的风格到此一变而为清新疏朗。"正"字总领其后四个四字句，前二句写水，飞泉瀑布，急流奔

泻，水珠迸溅，极见动态；后二句写桥，如一弯弓形新月横跨溪流之上，静境毕现。

老合投闲，天教多事，检校长身十万松

老了本应当过闲散的生活，偏又老天爷多事，却教"我"来管理这十万株高大的青松。

不说徜徉山林，不说观赏风景，却说"检校长身十万松"。这样的话语，只能出自于一个曾经号令千军万马的英雄人物之口。

闲居的英雄安慰自己"老合投闲"，实际是牢骚之言。他的内心，并不愿意过这样的闲散生活，因为他还有壮志未酬、国仇未报。他的闲居，完全是无可奈何，自然会有抑郁苦闷之情需要发泄。但这种发泄不是本篇主旨，只是涉笔成趣，自然流露而已。

吾庐小，在龙蛇影外，风雨声中

写了远景的山，近景的水，又凝集到眼前的一点——灵山齐庵。这间小小屋子，正与松林相邻，既可见松之影，又可闻松之声，的确是"检校长身十万松"的最佳位置。"龙蛇"，喻松树，白居易《草堂记》有"夹涧有古松，如龙蛇走"。"风雨声"，喻松涛。

争先见面重重，看爽气朝来三数峰

"检校"完松树，词人又开始遥望青山。在他笔下，青山是那么多情：云雾消散，群山"争先"露出，与他"见面"。

天色渐明，云雾消散得越来越快，山峰也显现得越来越快，因

而让词人感觉它们是争先恐后地出来与自己会面。这些三三两两来到人面前的山峰，带来清新的气息，叫人精神为之一爽。《世说新语·简傲篇》有"王子猷……以手版拄颊云：'西山朝来，致有爽气。'"辛弃疾巧用人词，不见痕迹。

似谢家子弟，衣冠磊落；相如庭户，车骑雍容

写罢山之"形"，继续写山之"神"。为此词人用了两个立意新颖、构思别致的比喻：群山或挺秀轩昂，似衣冠洒脱的谢家子弟；或巍峨壮观，如气度雍容的相如车队。

"谢家子弟"，指东晋门阀世族谢家子弟，包括谢安、谢玄、谢灵运等人。"相如庭户，车骑雍容"，语出《史记·司马相如列传》："相如之临邛，从车骑，雍容闲雅甚都。"

我觉其间，雄深雅健，如对文章太史公

历来以山比人者多，以人比山者少有。词人之前用"谢家子弟""相如庭户"比山，已经新巧，但他还不满足，又作一喻：群山雄伟、深邃、秀雅、刚健，身处其间，犹如在看太史公司马迁的文章。

韩愈曾评柳宗元之文"雄深雅健，似司马子长"。辛弃疾将其对文风的评价直接移来，赞叹群山的美姿，的确别出心裁。

新堤路，问偃湖何日，烟水濛濛

处山之间，与山相亲，得如此感受；浮水之上，对语青山，又将如何呢？词人似乎想到了这点，他转而写道，新修的湖堤已经成

路，偃湖又何时筑完，能见烟水濛濛的景象呢？

面对"雄深雅健"的山色，词人还觉不够，他憧憬着偃湖落成之时，山茫茫水悠悠的另一番景致。如此结尾，意犹未尽，耐人寻味。

评　解

这是稼轩山水词中的名篇。其绘景状物，气韵生动。最叫人叹绝的，是下片写山时连用的三个绝妙比喻，虽迭用故实，而益见新意。一般写诗作文，都习惯于用自然山水之物去比拟形容人的形貌、性格、气度，以及文艺作品的风格意象等。辛弃疾却反将过来，用人的衣冠服饰、气度仪容甚至文章风格来比拟自然山水，独创一格。明人杨慎《词品》引陈子宏评："说松（应为'山'）而及谢家、相如、太史公，自非脱落故常者，未易闯其堂奥。"

水调歌头

赵昌父七月望日用东坡韵叙太白、东坡事见寄，过相褒借，且有秋水之约；八月十四日余卧病博山寺中，因用韵为谢，兼寄吴子似。

我志在寥阔，畴昔梦登天。
摩挲素月，人世俛仰已千年。
有客骖鸾并凤，云遇青山赤壁，相约上高寒。
酌酒援北斗，我亦虱其间。

少歌曰："神甚放，形则眠。
鸿鹄一再高举，天地睹方圆。"
欲重歌兮梦觉，推枕怅然独念：人事底亏全？
有美人可语，秋水隔婵娟。

《伯牙鼓琴图卷》局部　元代·王振鹏

题 解

　　此词是一首应答之作，作于辛弃疾闲居铅山瓢泉时，时间应在庆元四年至六年（1198－1200）之间。

　　词序中所提赵昌父为稼轩友人，名蕃，字昌父，与稼轩多有诗词唱和。赵昌父于七月十五日用苏东坡《水调歌头》（明月几时有）之韵作词一首寄给稼轩，词中对稼轩甚为褒扬，并相约前往稼轩瓢泉住所之秋水观拜会。卧病的稼轩用原韵答和一首为谢，并同时寄赠另一位交往甚密的友人——时任铅山县尉的吴绍古（字子似）。

句 解

我志在寥阔，畴昔梦登天

　　词开篇直抒胸臆，道出词人胸怀：他向往去神游高远辽阔的太空，昨夜梦中，终于登上了天。"寥阔"，即寥廓，旷远、开阔之意，这里指宇宙太空。"畴昔"，往日，这里特指昨晚。

　　只读这首句，就让人豪气顿生。点出正题后，以下接着描绘梦境。

摩挲素月，人世俛仰已千年

　　"月"的意象在古典诗词中极其常见。从来写月，多是写望月，如李白的"举杯邀明月，对影成三人"、苏轼的"明月几时有，把酒问青天"，人总是与月遥遥相对。最多的，也不过想象去到月宫，描绘一番月宫景象。辛弃疾却不同，梦中的他仿佛是一个巨人，亲手抚摸着皎洁的明月。如此新奇的想象，雄大的气魄，确实罕见。

俛，同"俯"。词人在天上揽月俯仰的一会儿工夫，人间已过去了千年。民间素有"天上一日，地上一年"的说法，辛弃疾更将之夸张为"俯仰"与"千年"的强烈对比。在如此广阔浩淼的太空，人间的千年也不过是白驹过隙，那人生短短不到百年又算得了什么呢？又何须介怀呢？

有客骖鸾并凤，云遇青山赤壁，相约上高寒

在此豪情勃发之时，岂能独行无伴？幸有朋友来相约。这里的"客"就是赵昌父。他乘着鸾凤而来，说是遇到了李白、苏轼，相约一起到那极高极寒之处。"骖"，古代驾车时位于车两侧的马，这里指以鸾、凤为"骖"。

"青山"代指李白，因李白墓在青山（今安徽省当涂县境内，又名青林山）。"赤壁"代指苏轼，因苏轼有名篇《念奴娇·赤壁怀古》和《前赤壁赋》《后赤壁赋》。李白、苏轼二人，都才气逼人，性情豪放，是辛弃疾一直追仰的先贤。能与这样的前人同游，岂不快哉！

酌酒援北斗，我亦虱其间

前句化用屈原《九歌·东君》："援北斗兮酌桂浆。"四人在太空飘飘而飞，来到北斗星旁。这样的壮丽景色，这样的良朋益友，这样的豪情壮志，当然要有酒来助兴。于是，身边的北斗七星

就成了他们的酒勺。"援",拿。

"我亦虱其间"是辛弃疾自谦之词。李白、苏轼都是前辈高人，自己和他们比起来像虱虫一样渺小，能与他们联袂登天遨游，又一起开怀痛饮，是何等的荣幸啊！"虱"，作动词用，意为无才而渺小，不配与他人为伍。

少歌曰：神甚放，形则眠。鸿鹄一再高举，天地睹方圆

酒酣耳热之际，大家轻声唱起歌来："形体虽在睡眠，灵魂却在自由飞翔，如同鸿鹄一样不断高飞，要看看天地究竟是什么样子。""少歌"，小声吟唱。

"鸿鹄"两句，化用汉代贾谊《惜誓》诗句："黄鹄之一举兮，知山川之纡曲；再举兮睹天地之圆方。""鸿鹄"，鸿为大雁，鹄为天鹅，古人常将二者并提，泛指能展翅高飞的大鸟。《史记·陈涉世家》记载，陈胜虽贫，志向远大，被人嘲笑时说："嗟乎，燕雀安知鸿鹄之志哉。"后人便常用"鸿鹄之志"形容伟大的理想。

他们为精神的解放、灵魂的自由而歌，为超脱于俗世之外，能够俯视这个世界而歌。古人都说天是圆的，地是方的。他们就一定要飞到最高之处，去看看这天究竟如何圆，这地究竟如何方。

这种对奋飞向上的极度渴望，归根结底还是因为词人在现实生活中积蓄了太多的苦闷忧愁，被压抑得太痛苦。写作此词时，辛弃疾已年近六十，第二度被罢职闲居。回首他的一生，始终在为实现自己的政治理想——抗击金人、统一祖国而奋争，却始终壮志未酬，反而身陷各种无端的诬陷、倾轧。国家、人民的苦难，自己的现实处境，都使他忧虑、愁苦，他渴望能摆脱这些深深压在心中的痛楚。

欲重歌分梦觉，推枕惘然独念：人事底亏全

梦总是在最美的时候醒来。当他们还想将自由之歌再唱一遍时，词人却陡然惊醒，重新回到现实中来。他再无睡意，推开枕头，遥望窗外明月，怅然独自感叹：为什么人间之事非要如同月亮一样有亏有全，而不能总是圆满呢？

苏轼《水调歌头》（明月几时有）曰："人有悲欢离合，月有阴晴圆缺。"面对人间的"悲欢离合"，苏轼用月亮还有"阴晴圆缺"来安慰自己，表现出的是一种旷达的态度。辛弃疾却不然。从极度超脱的梦境回到现实中来，这其中巨大的反差令他再也无法强作达观，人世种种不如人意带给他的压抑、痛苦，不但没有减少，反而更加深了，所以他要感叹"人事底亏全"。

有美人可语，秋水隔婵娟

此二句化用杜甫《寄韩谏议》："美人娟娟隔秋水。"

一番感慨后，词人将笔锋转回：还好，人世虽有诸多不如意，还有好友可以向之倾诉。只是秋水相隔，不能即来相会。"美人""婵娟"都借指知己朋友，包括词序中提到的赵昌父、吴子似。

词末借"美人""婵娟"远隔"秋水"，表达了对友人的思念，亦有盼友人早来赴约之意。

评解

这是一首借梦抒怀之作，除了开头结尾，通篇都写梦境。词人借登天之梦，抒发希求冲破现实社会阻碍，获得精神自由的强烈愿

望。天马行空般的梦境与无可奈何的现实形成强烈对比，大大增强了词的艺术感染力，令人读后不由扼腕叹息。

全篇想象大胆奇幻，笔势雄放苍凉，既有李白、苏轼作品中豪放清旷之风，又保留着稼轩自己深沉、悲慨、执着的特点。虽是病中所作，却毫无呻吟之语，依然是豪气干云，充分体现了稼轩词的风格。

《松涛图》局部 宋代·马远

西 江 月

遣 兴

醉里且贪欢笑，要愁那得工夫。

近来始觉古人书，信着全无是处。

昨夜松边醉倒，问松我醉何如？

只疑松动要来扶，以手推松曰："去！"

题 解

这首词题为"遣兴"，从字面看，充满了自得其乐的欢乐和随心所欲的倾吐，词人似乎悠闲轻松，兴致颇高。但透过表面的描写，却能看出隐藏在文字下的欲禁不能、欲倒不甘的复杂情绪。结合作品描写的细节和情调来判断，通常认为这是词人庆元年间闲居瓢泉时所作。

《水阁幽人图》局部　清代　王翚

句 解

醉里且贪欢笑，要愁那得工夫

平日里愁苦满腹的辛弃疾终于在醉酒中得到了解脱。遁入醉乡的他，可以尽情贪恋欢笑，再不必担心忧愁会前来纠缠。一个"且"字，写出了要摆脱哀愁，享受这"欢笑"之不易，只有醉中的那一刹那才会出现，所以才会那么地迷恋、珍惜。

但这酒醉的欢乐只是暂时的，酒劲儿终归会散去，人终归会清醒。清醒后忧愁又会重新袭来。正是清醒时浓重的忧愁逼得辛弃疾逃到了酒的世界。可在醉中，他也依然清醒得令人痛心。

近来始觉古人书，信着全无是处

《孟子》说"尽信书，不如无书"，指的是《尚书·武成》一篇的纪事不可尽信。辛弃疾却说他近来发觉，古人的书一点让人相信的内容都没有。对深受儒家经典熏陶、影响的他而言，说出这番话实在太让人不可思议了。这难道是他的醉言醉语？

古人书中讲君臣之道，讲人臣应忠心耿耿，讲君王应"任贤勿贰"。而对比现实，那距离是多么遥远！辛弃疾自起兵山东以来，息息不忘恢复故土，驱逐金人。他满怀理想，满怀对宋室的信任来到南方，不曾想残酷的现实却将他的美好愿望击得粉碎。朝中投降派和奸佞小人卖国求安，却猖狂得势；像他一样的主战派不仅受到统治者怀疑，不被重用，还要遭受小人的诽谤、倾轧。他忧国忧民，励精图治，却只能以一二闲职屈沉下僚，甚至几番受到弹劾，被迫长期闲居。

这一切，令他终于看清了现实。可他不能痛骂现实中的统治者，他只能转而感叹"古人书"的不切实际，感叹书上讲的道理，会在现实中变得面目全非。他不是在菲薄古书，而是在抒发自己对当时现实的强烈不满。这是醉言醉语，因为只有在喝醉的时候他才能如此痛快地宣泄自己；这又不是醉言醉语，因为这是他心底最真实的声音！

昨夜松边醉倒，问松我醉何如

在"松边醉倒"，这不是微醺，而是大醉。他独酌独饮，不知不觉倒在松树旁。醉眼迷蒙的他，把松树看成了人，询问起自己的醉态。

只疑松动要来扶，以手推松曰去

恍恍惚惚中，他觉得松树在眼前走动，似乎要过来扶起醉倒在地的他。他立即伸出手推开松树，大喝一声："去"！

词人将自己的醉态刻画得如此惟妙惟肖、生动风趣，却叫人如论无何也笑不起来。他让我们看到的，是一个深深孤独寂寞的辛弃疾。没有人陪他饮酒，他只能独饮独醉。醉倒时只有松树在旁，也只有松树要扶他一把。他寂寞得只能与松为友，酒又如何能去除他的忧愁？虽然词的下片一字未曾提"愁"，但隐藏在词人醉态之中的寂寞与忧愁却令人痛心。

而一句"以手推松曰去"，又让我们看到了一个不屈不挠、倔强好胜的壮士。即便是在醉中，辛弃疾也顽强地保持着他的壮士本色。虽然身处逆境，他的意志并没有崩溃，他的精神拒绝倒下。

评 解

全词围绕一个"醉"字着笔，借醉写愁抒愤。借酒浇愁本是稼轩词中屡见不鲜的内容，这一篇写酒醉之态却别有风味，表现手法十分新颖生动。

后人常言苏轼"以诗为词"，辛弃疾"以文为词"。这首词就鲜明地体现了辛词"以文为词"，语言自由解放、生动多样的特点。上片语言平白如话，仿佛刚从他的口中说出，自然新鲜。下片的叙事性描写用的全是散文句法，有问话也有自语，还有细致的动作描写，犹如一段押韵的小品文。

《香山九老图》局部　明代·周臣

鹧 鸪 天

有客慨然谈功名，因追念少年时事，戏作。

壮岁旌旗拥万夫，锦襜突骑渡江初。
燕兵夜娖银胡䩮，汉箭朝飞金仆姑。

追往事，叹今吾，春风不染白髭须。
却将万字平戎策，换得东家种树书。

闲居瓢泉期间所作，时间或在庆元六年（1200）。辛弃疾空
怀满腔抱负，却落得投闲置散，隐居乡间，心情的矛盾苦闷自可想
见。有人忽然在他跟前慷慨激昂地大谈功名事业，令他再度追忆起
青年时代那一段短暂而又辉煌的抗金杀敌生活，感慨万千，写下了
这首词。

《唐风图卷》局部　宋代·马和之

句 解

壮岁旌旗拥万夫，锦襜突骑渡江初

开篇的这两句，涵括了大量史实。宋高宗绍兴三十一年（1161），金兵大举南侵。这期间，在已经沦于金人之手的北方地区，汉族人民纷纷起义，抗金烈火在中原大地四处燃烧。二十二岁的辛弃疾也毅然举起抗金大旗，在济南南部山区聚起二千多人马。随后，他率众加入耿京的山东忠义军，被任命为军中掌书记。鉴于当时局势，辛弃疾力劝耿京归附南宋朝廷，与南宋官兵配合，共同抗金。绍兴三十二年（1162）春，奉耿京之命，辛弃疾等人奉表归宋，在建康受到宋高宗接见。自南宋北归途中，辛弃疾惊闻耿京被叛徒张安国杀害的消息。他迅即带领五十余人马，连夜奔袭有五万之众的金营，生擒张安国。随后他率领万余义军，押解着张安国，日夜兼程，南下投归宋室。

这段经历，辛弃疾在《进美芹十论札子》中亦有陈述："逆亮南寇，中原之民，屯聚蜂起。臣尝鸠众二千，隶耿京，为掌书记，与图恢复，共籍兵二十五万，纳款于朝。"

少年英雄，叱咤风云，创下如此轰轰烈烈的事业。这是辛弃疾毕生最雄壮，也最难忘的一幕。因为刻骨铭心，所以一触即发。当年一展旌旗号令数万抗金义士，锦衣快马突围横渡长江的情形，一一重现在他眼前。其中最令他得意的，还是夜袭金营，擒拿叛贼。

燕兵夜娖银胡鞣，汉箭朝飞金仆姑

"燕兵"，指金兵。"燕"本是战国七雄之一，据有今河北北部和辽宁西部一带，此处泛指被金人占领的中原地区。"婭"，整理。"银胡鞣"，饰银的箭袋，多用皮革制成。"汉箭"，指稼轩所率部队。"金仆姑"，本为春秋时利箭之名，据《左传·庄公十一年》，鲁庄公曾用此箭射伤宋国大将南宫长万，此处泛指箭。

"夜婭银胡鞣"，表示金兵已经有所防范。但辛弃疾仅仅率领着五十余骑人马，如天降神兵，出其不意地突入五万金兵大营，生擒叛徒，并成功撤离。这其中的勇猛、智慧，的确令人惊叹，也的确值得辛弃疾浓墨重彩书写。

追往事，叹今吾，春风不染白髭须

词人追念往事，不由对比今昔。他感叹现在的自己，青春不再，年华老去。

王安石诗曰"春风又绿江南岸"，一年一度的春风，可以让草木变绿，让大地回春，却无法让辛弃疾的白须转黑。曾经的英雄少年变成了垂垂老者，岁月的无情固然令他感慨，但更令他难以释怀的，还是报国无门、壮志难酬。

却将万字平戎策，换得东家种树书

"种树书"，有关种树栽花的书籍，代指隐居生活，韩愈《送石处士赴河阳幕》有"长把种树书，人云避世士"。

辛弃疾南归几十年，一日不曾忘北伐大业。他屡次向朝廷上陈恢复方略，先后上了《美芹十论》《九议》等万言名篇，却一直未被统治者采纳。直到五十四岁时，他还写过《论荆襄上流为东南重地》的奏议，对抗金北伐事业提出自己精辟的见解。可南宋朝廷苟且偷安，不思振拔，反而多方打击、排挤抗战派人士。辛弃疾也难逃其中，两度被罗织罪名，罢官闲居。他的"万字平戎策"被束之高阁，不得不在栽花种树的闲居中消磨岁月。

结尾两句，饱含着辛弃疾对多年来不幸遭遇的抑郁、愤懑。他并未直接大发牢骚，但这看似平淡、轻松的自嘲，显得愈发沉郁深厚，蕴含无限悲慨。

评 解

词的上片忆旧，豪情万丈；下片言今，伤感无奈。虽只有五十余字，却写尽了词人一生的经历和悲愤，可作为一篇简括而形象的稼轩自传来品读。

小序称"戏作"，似乎是词人对自己一生遭遇的自嘲自讽，似乎是在劝"慨然谈功名"的客人以己为鉴，在这个时代不要奢谈什么建功立业。但这首词的旨归，绝不是虚无、消极。稼轩是一生矢志报国的英雄，却又"报国欲死无战场"（陆游《陇头水》）。这种极端的苦闷，必须有发泄的方式，借酒消愁是一种方式，借自嘲抒怀也是一种方式。在他对壮年英雄岁月的念念不忘中，在他对自己壮志难酬的苦笑中，我们依然可见他那颗滚烫的赤诚之心。

《摩诘诗意图》局部　元代·唐棣

贺新郎

邑中园亭，仆皆为赋此词。一日，独坐停云，水声山色竞来相娱，意溪山欲援例者。遂作数语，庶几仿佛渊明思亲友之意云。

甚矣吾衰矣！
怅平生，交游零落，只今余几？
白发空垂三千丈，一笑人间万事。
问何物能令公喜？
我见青山多妩媚，料青山见我应如是。
情与貌，略相似。

一尊搔首东窗里。
想渊明，停云诗就，此时风味。
江左沉酣求名者，岂识浊醪妙理？
回首叫云飞风起。
不恨古人吾不见，恨古人不见吾狂耳。
知我者，二三子。

这是词人为自己瓢泉居第内新建的停云堂题写的一首词。小序称，铅山县境内的园亭，他都曾以《贺新郎》词调歌咏过，停云堂的山水亦希望能照例得到他的歌咏。于是作下此词，与陶渊明《停云》诗之意类似。

陶渊明有《停云》诗四首，诗序为"停云，思亲友也"，主要内容是思亲友和饮酒两方面。辛弃疾的这首词，也写到了这两个方面，但不是简单地承袭古人，而是借此抒写自己的现实情怀。

句 解

甚矣吾衰矣

首句语出《论语·述而》："甚矣，吾衰也！"这是孔子自叹衰老的话，却被词人直接用来抒发自己的感叹。

辛弃疾出生于宋高宗绍兴十年（1140），写作此词时已经五十多岁。在古代，的确可说是老了。但这声对自己年老力衰的叹息中，却有着更深的含义。

孔子在发出这句感慨后，接着又叹："久矣，吾不复梦见周公。"在礼崩乐坏的春秋战国时期，孔子以周公为楷模，一生为重新建立一个有礼有序的大一统国家而奔忙。他叹自己很久没有梦见周公，实际上是哀叹自己没能像周公那样，实现自己的政治理想。辛弃疾借用孔子的话，其实也是感叹自己人已衰老，人生理想却没有实现。

辛弃疾终其一生，都在为驱除金人、收复中原的爱国理想而奋斗。然而从二十多岁时在北方起义抗金，到六十多岁时在南方寂寞离世，他始终壮志未酬。"甚矣吾衰矣"，这五个字的慨叹，可以说浓缩了他对一生命运的无限悲愤。

怅平生，交游零落，只今余几

这几句点出"思友"题旨：回首平生，词人倍感惆怅，曾经交往的朋友七零八落，如今所剩无几。晚年的辛弃疾知音寥寥，备尝孤独寂寞。譬如与他志同道合的多年好友陈亮，此时便已离世数年。

白发空垂三千丈，一笑人间万事

李白《秋浦歌》写道："白发三千丈，缘愁似个长。"辛弃疾借用李白的诗句，同样是写自己的愁之深之重。而一个"空"字，既集中表现了辛弃疾对自己壮志未酬、徒然老大的悲痛，又表明他清醒地知道自己的忧愁徒然无用。既然奋斗了大半生仍无济于事，如今年老体衰，再"愁"又有何用？对这人间万事，索性一笑了之。

这"笑"是故作达观、强作欢颜的笑，是无可奈何的笑，是词人在如此境况下排解忧愁的惟一方法。这笑声中，蕴含的是无尽的辛酸悲凉。

问何物能令公喜

这世上，能令晚年闲居的词人欢喜的又是何物呢？"能令公喜"，《世说新语·宠礼》记载，王珣、郗超并有奇才，为大司马桓温所赏识，人们便说此二人"能令公（桓温）喜，能令公怒"。

我见青山多妩媚，料青山见我应如是

世间知音稀少，人事令人忧愁，辛弃疾于是选择了青山与他为友为伴。秀丽妩媚的青山，正是"能令公喜"之物。

李白诗曰："相看两不厌，只有敬亭山。"李白和敬亭山心存默契，相看不厌，但究竟如何"看"法，他并没有明说。辛弃疾接了过来，进一步发挥："我"觉青山妩媚，想来青山对"我"也应该有同样的感觉吧。

"妩媚"多形容女子美丽动人，用来形容青山尚易理解，可怎能用于辛弃疾这样的老人身上呢？这里辛弃疾用了唐太宗和魏征的典故，据《新唐书·魏征传》，唐太宗赞赏魏征"人言征举动疏慢，我但见其妩媚耳！"他是说魏征慢条斯理之中，有一种轻疏不羁、自然洒脱的神态，给人"妩媚"之感。

情与貌，略相似

辛弃疾喜爱青山，是因为青山屹立不倒，青翠长存，犹如刚直不阿的志士贤臣。因此，他才会觉得自己和青山性情、样貌都略略相似，才会想象青山亦自多情，与他惺惺相惜。

人间知音稀少，词人只能将无知无觉的青山当作朋友，互相欣赏，互相慰藉。这是何等寂寞，何等哀愁！

一尊搔首东窗里

极度孤寂的词人，一方面以青山为友安慰自己，一方面又借饮酒自我解脱。他独立东窗，一手持酒，一手挠头。

想渊明，停云诗就，此时风味

突然间想到，陶渊明当年写《停云》诗时，也是与自己一样的对酒思友之情吧。

陶渊明《停云》诗曰："静寄东轩，春醪独抚。良朋悠邈，搔首延伫。"辛弃疾知音难寻的孤寂心情，正和陶渊明良朋不至，搔首遥望、独酌解闷的心情相似。他以陶渊明自比，写出了自己的寂寞，也表明陶渊明那样的高洁之士，才是他的知己。

江左沉酣求名者，岂识浊醪妙理

魏晋时期，人多以纵酒为清高，于是一些人便把醉酒作为一种求名之道。苏东坡《和陶饮酒二十首》其一便说："江左风流人，醉中亦求名。"辛弃疾借用此句，说这些以醉酒求名的人，哪里真知酒的妙理？言下之意，只有如陶渊明，才是真识酒之"妙理"者。

"江左"，指江南地区。长江在芜湖、南京一段，自南而北，折向东流，江南地区在这段江流之东，故名江东。古人在地理上以东为左，以西为右，所以又称江左。这里的"江左"，表面上是说东晋及南朝，实际却是借古喻今。东晋及南朝皆偏安江南，当今之南宋朝廷同样如此。辛弃疾的真实用意，在于讽刺南宋朝中那些追名逐利之徒，说他们思想境界低下，自然不会理解高尚之士的"妙理"。

杜甫《晦日寻崔戢李封》有"浊醪有妙理，庶用慰沉浮"，说酒能安抚在宦海中沉浮的人。所以，只有经历过仕途坎坷的人，才能真正品出酒的滋味，识得酒的"妙理"。辛弃疾正是这样的人。

回首叫云飞风起

李白早已说过，"举杯销愁愁更愁"。饮酒并未能使辛弃疾坦然自若，反而激发出他的疏狂之态：乘着酒兴，他回首大叫，引得云飞动，风大起。他多年来沉积在心中的怨愤愁苦，随着这一声长叫，喷薄而出。虽然引得风云变色不过是词人的夸张手法，但也叫人不由要问：这怨气积攒了多久，积攒了多厚，方才有这种惊天动地的效果？

"云飞风起"，暗用汉高祖刘邦《大风歌》："大风起兮云飞扬，威加海内兮归故乡，安得猛士兮守四方。"已有了几分醉意的辛弃疾，叫声中不仅有怨有愤，更有一股激情昂扬的斗志。他的心中，仍然在渴求再上战场，去搏击风云。

不恨古人吾不见，恨古人不见吾狂耳

南朝张融曾言："不恨我不见古人，所恨古人不见我。"辛弃疾套用前人成句，宣泄自己积郁已久的情绪：没有见到古人，他并不遗憾；遗憾的是古人没有见到他的狂态。

近人况周颐《蕙风词话》解说道："狂者，所谓一肚皮不合时宜，发见于外者也。"在不思恢复、只求偏安的南宋朝廷为官，辛弃疾的确有"一肚皮不合时宜"。但狂放的他既然连那些流芳后世、为世楷模的古人都不在乎，就更不会在乎今人如何指责、评点他了。

知我者，二三子

结尾再次感叹知音稀少，与上片的"交游零落，只今余几"相
呼应，进一步强调了词人的寂寞孤独。

评 解

这首词是辛弃疾的得意之作。据《古今词话》记载，"幼安每
开宴，必令侍姬歌所作词，特好歌《贺新郎》，自诵其警句：'我
见青山多妩媚，料青山见我应如是。''不恨古人吾不见，恨古人
不见吾狂耳。'"

词的上片写年老力衰，事业未就，交游零落的苦闷和孤寂；
下片写饮酒，借此表现自己不甘寂寞消沉，渴求再度出山有所作为
的心愿。词调由哀婉悲凉逐渐转为雄放迸发，结束处又重回悲凉。
全词多用典故，却能浑然天成，融为一体，毫无斧凿之痕，而且往
往能赋予新意，新鲜别致。正如刘熙载在《艺概》中所言，"任古
书中理语、廋语，一经运用，便得风流。"

《虎丘送客图》局部　明代·沈周

贺新郎

别茂嘉十二弟

绿树听鹈鴂。

更那堪，鹧鸪声住，杜鹃声切。

啼到春归无寻处，苦恨芳菲都歇。

算未抵人间离别。

马上琵琶关塞黑，更长门翠辇辞金阙。

看燕燕，送归妾。

将军百战身名裂。

向河梁，回头万里，故人长绝。

易水萧萧西风冷，满座衣冠似雪。

正壮士悲歌未彻。

啼鸟还知如许恨，料不啼清泪长啼血。

谁共我，醉明月？

这是一首送别之词，作于辛弃疾闲居铅山瓢泉期间。被送的人字茂嘉，是辛弃疾的族弟，因在同族兄弟中排行十二，故称十二弟。这位族弟也是一位志在抗金而重忠义气节之士。当时他贬官桂林，词人作了两首词相送，此为其中之一。

写离别的诗词曲赋历来很多，这首词却独具一格，不止于个人的儿女之情，而是借题发挥，抒发了浓郁悲愤的家国之情。

句 解

绿树听鹈𫛶。更那堪，鹧鸪声住，杜鹃声切

绿荫深处，众鸟啼鸣，此起彼伏，声声悲切，叫人不忍卒听。

词的开篇，借鸟声烘托离别之意。"鹈𫛶"，即伯劳鸟，其声凄厉；"鹧鸪"，叫声似"行不得也哥哥"；"杜鹃"，即布谷鸟，叫曰"布谷，布谷"，常被认为像"不如归去"。它们都是写离别的诗文中常见的意象。词人此处一口气写出这三种鸟的悲鸣，顿时将离愁别绪渲染得淋漓尽致。

啼到春归无寻处，苦恨芳菲都歇

写罢鸟鸣，词人又顺手写到春归，用繁花尽逝、春归无觅的伤春之情，来烘托离别之愁。此二句化自屈原《离骚》："恐鹈𫛶之先鸣兮，使夫百草为之不芳。"

算未抵人间离别

到此笔锋一转，回到离别的主题：鸟啼之苦，伤春之苦，这些都比不上人世间的离别之苦。

"悲莫悲兮生别离"（屈原《九歌·少司命》），"黯然销魂者，惟别而已矣"（江淹《别赋》）。关于离别之苦，前人早已道尽，辛弃疾还要一一道来：

马上琵琶关塞黑，更长门翠辇辞金阙

"马上琵琶关塞黑"，指汉时王昭君辞宫出塞，远嫁匈奴之事。昭君系汉元帝后宫宫女，因和亲赐嫁匈奴王呼韩邪单于。

"更长门翠辇辞金阙"，指汉武帝陈皇后失宠，辞别金阙，退居长门之事。也有人认为这是借言昭君辞汉，并非真指陈皇后长门之事。"翠辇"，用翠羽装饰的宫车。"金阙"，宫殿。

看燕燕，送归妾

指庄姜送归妾之事。《诗经·邶风·燕燕》："燕燕于飞，差池其羽。之子于归，远送于野。瞻望弗及，泣涕如雨。"春秋时，卫国庄公夫人庄姜无子，以庄公妾戴妫之子完为子。完即位不久，就在一次政变中被杀，戴妫遂被遣返。庄姜远送于野，作《燕燕》诗以赠别。

将军百战身名裂。向河梁，回头万里，故人长绝

写过几位薄命女子之别，词人又写李陵与苏武之别。

李陵是汉武帝时的名将，多次与匈奴作战，立下不少战功。最后一次因寡不敌众，苦战而降，导致身败名裂。苏武奉汉武帝之

命出使匈奴，被匈奴扣押十九年，持节不屈，最终回到汉室。苏武返汉之际，李陵到河梁送别。世传李陵送苏武诗有"携手上河梁，游子暮何之"之句；《汉书·苏武传》载李陵送别苏武语："异域之人，一别长绝。"稼轩将此二句合而化用之。"河梁"，河桥。"故人"，指苏武。

易水萧萧西风冷，满座衣冠似雪。正壮士悲歌未彻

此叙荆轲辞燕入秦刺秦王之事。据《史记·刺客列传》记载，战国末年，燕太子丹命荆轲前往刺杀秦王嬴政。荆轲离开燕国时，太子丹率众宾客白衣素服相送于易水之上。高渐离击筑，荆轲和乐而歌："风萧萧兮易水寒，壮士一去兮不复还。""悲歌未彻"，意为壮士的悲歌至今犹在耳边回荡。

词人罗列了以上这么多关于离别的典故，却不是随意选取。这些离别都不是一般意义上的伤离怨别，它们不仅关涉个人，更关涉国家命运，实是辞家去国之恨。清人周济《宋四家词选》认为，此词上片是表现"北都旧恨"，下片是表现"南渡新恨"，所说很有道理。上片所用春秋时戴妫被迫离开卫国，以及汉代用公主、宫女和匈奴和亲的典故，确实很容易让人联想到北宋末年靖康之难中，徽、钦二宗和三宫六院被俘北行的惨痛事实。下片的两个典故，则以历史上的匈奴、秦国喻今之金国，借李陵、荆轲的悲剧暗寓稼轩自己壮志不酬的愤懑之情。

啼鸟还知如许恨，料不啼清泪长啼血

词以鸟儿悲啼起兴，在借用一系列典故抒发家国之情后，仍不

忘照应开头：鸟儿如果知道这么多人间离恨，啼出的一定不会是清泪，而是鲜血吧！因为这么多的别愁离恨，清泪已不足以诉说，非要啼血不可了！

谁共我，醉明月

"你"离开了，还有谁能与"我"一起在明月下把酒醉欢呢？

结尾点题，对族弟道出不忍分离之情。词的前面都在烘托气氛，到这里一句作结，感情收到实处。

评 解

这首词虽为别词，抒写的却远不止是兄弟之间的情谊，而是暗寓着国家兴亡之慨和自身身世之感。词中将个人之情与家国之情紧密联系在一起，慷慨悲壮，大大提升了其思想境界。章法上极其巧妙，以啼鸟起兴，以春归托意，随之承转，导入人间离别主题。但又不直赋眼前离别，而选用历史故实，曲意传情。继而总收上文，再写啼鸟，回应篇首，并将词意推进一层。结尾处才点出送人本意，但又即到即收，可谓收放自如。

历代评家都对此词倍加推崇。清人陈廷焯《白雨斋词话》曰："稼轩词自以《贺新郎》一篇为冠，沉郁苍凉，跳跃动荡，古今无此笔力。"王国维《人间词话》评曰："稼轩《贺新郎》词'送茂嘉十二弟'，章法绝妙，且语语有境界，此能品而几于神者。然非有意为之，故后人不能学也。"

《烟江叠嶂图》局部　明代·文徵明

南乡子

登京口北固亭有怀

何处望神州？满眼风光北固楼。

千古兴亡多少事？悠悠，

不尽长江滚滚流。

年少万兜鍪，坐断东南战未休。

天下英雄谁敌手？曹刘。

生子当如孙仲谋。

题 解

宋宁宗嘉泰三年（1203），闲居瓢泉已达八年之久的辛弃疾被朝廷起用为绍兴知府兼浙东安抚使。次年正月，他应召入临安。然而宁宗和当时宰相韩侂胄召见辛弃疾，并不是真正信任和倚重他，而只是采其人望为北伐装点门面。奏对之后，朝廷并不把辛弃疾留下来主持用兵大计，而是将他派往镇江担任知府。这首词即为镇江知府任上所作，时间一说为嘉泰四年（1204），一说为开禧元年（1205）。

词题曰"登京口北固亭有怀"，京口即今江苏镇江；北固亭，亦名北固楼，在镇江东北长江南岸的北固山上。

句 解

何处望神州？满眼风光北固楼

中国古代有"九州"之称，最早见于《尚书·禹贡》，中有"禹别九州"之语。由于古人认为九州四境均有海水环绕，所以又得"四海"之名。战国时，随着航海技术的发展，人们眼界渐阔，齐人邹衍提出了"大九州"之说。他认为，《禹贡》之九州合之只能称之为一州，名"赤县神州"；同样大小之州共有九个，也都是海水环绕。因此，"神州"也成为中国的别称。这里的"神州"，特指早已沦陷的中原地区。

北固楼上的辛弃疾纵目四望，周围山水风光无限，却无法望见令他魂牵梦绕的中原。中原是那么的遥远，即便寻遍所有的高处，也是枉然。所以，他不得不无可奈何地感叹，还能从哪里望见中原？

词人此刻所在的北固山，由长江南岸凹入江中，山虽不大，却形势险峻，风光绮丽，山下江面开阔。昔日梁武帝萧衍赞其形胜，题曰"天下第一江山"。然而，满眼的风光留不住辛弃疾的眼，他的心里只有那无法望见的家园故土。

千古兴亡多少事？悠悠，不尽长江滚滚流

望不见"神州"的辛弃疾将目光从远处收回，转而俯视起脚下奔腾不息的长江水。他不禁思接千载：数千年历史长河，有多少兴亡大事？恰如这眼前滚滚东流的长江水，无休无止，绵绵不尽。"悠悠"二字，自然贴切，而又韵味无穷，既是言兴亡更迭，往事悠悠，又是言江水悠悠，不尽东流，前后两句借此二字贯串起来。

杜甫《登高》有"无边落木萧萧下，不尽长江滚滚来"，写的是深秋景色和身世之感。辛弃疾借之用来写古往今来世事的盛衰兴亡，翻出了新意，境界也更为豪放开阔。

年少万兜鍪，坐断东南战未休

无数的兴亡故事中，词人单单想到了三国时的孙权。孙权继承吴主之位时，年仅十九岁。年少的他统领千军万马，据守长江东南地区。为了坚守自己的领地，在他统治的五十多年里，从未停止过与敌人的战争：赤壁之战，败曹操大军于长江北岸；夷陵之战，把刘备大军赶回四川……"兜鍪"，古代军人作战戴的头盔，这里代借战士。

孙权不畏强敌，终使吴能在群雄逐鹿的三国时代，与魏、蜀鼎足而立。这样的英雄人物，怎能不令渴望驱逐金兵、收复失地的辛弃疾由衷怀念与赞颂？

天下英雄谁敌手？曹刘

天下英雄中谁是孙权的对手？只有曹操与刘备。

据《三国志·蜀先主传》记载，曹操曾对刘备说："今天下英雄，惟使君与操耳。"曹操认为当时只有刘备和自己算得上英雄。而后起之秀孙权敢于与曹、刘抗衡，这不更令人敬佩吗？

生子当如孙仲谋

当年曹操与孙权作战之时，见孙权军队严明整肃，气势雄壮，忍不住赞叹道："生子当如孙仲谋，刘景升儿子若豚犬耳！"（裴松之《三国志注》）

孙权字仲谋，论年纪是曹操的晚辈，所以曹操渴望自己的后代也能像他那样守住自己打下来的江山。而曹操向荆州进兵时，荆州军阀刘表的儿子却望风迎降，所以曹操说他如同猪狗。

辛弃疾直接引用曹操之语称赞孙权，但并非袭用曹操原意，而是说人生在世，当如孙权一般奋发进取，建功立业。透过这铿锵有力的句子，我们看到的是一个"烈士暮年，壮心不已"的辛弃疾。

辛弃疾对孙权这位历史人物如此大加褒扬，其真正的旨归，还是在于讽喻当时南宋统治者。正是这些人的软弱无能、苟且偷安，才让辛弃疾无比怀念坚持抗战的孙权。他对孙权"坐断东南战未休"的赞颂，正是对南宋统治者的批评与讽刺。但另一方面，被重新起用的辛弃疾对朝廷虽有微词，却仍心存希望，他希望统治者能像孙权一样奋发有为，固守住江南领土。所以，全词深沉却不低落，隐约还有乐观的情绪萦绕其间。

评 解

　　这首词章法奇特，三次自问自答，以问答层层推进，突显主题。用典虽多，却不是为了矜奇炫博，而是根据主题需要剪取入词，自然贴切，没有斧凿之痕，反能清晰传达词人深意。上下片两处结语，一借杜诗以眼前景作结，一用曹操语以议论作收，都水到渠成，直如己出。尤其下片最后三句，化用曹操不同场合下的语句，一气而下，对答如流，浑然天成。

　　辛弃疾《美芹十论》中，对孙权在历史上的地位评价并不太高。这首词却把他当作杰出的英雄来歌颂，自然是借题发挥，别有用心。之所以选取孙权，主要是因为孙权与不战而降的刘表儿子刘琮等人不同，他敢与北方强敌曹操争锋，多次抵御并战胜南侵之敌。这正与南宋统治者的一贯软弱偷安、一再屈辱求和形成了鲜明对比。

《溪桥觅句图》局部　清代·孙逸

永 遇 乐

京口北固亭怀古

千古江山，英雄无觅，孙仲谋处。

舞榭歌台，风流总被，雨打风吹去。

斜阳草树，寻常巷陌，人道寄奴曾住。

想当年，金戈铁马，气吞万里如虎。

元嘉草草，封狼居胥，赢得仓皇北顾。

四十三年，望中犹记，烽火扬州路。

可堪回首，佛狸祠下，一片神鸦社鼓。

凭谁问，廉颇老矣，尚能饭否？

题 解

此词作于宋宁宗开禧元年（1205），辛弃疾六十六岁，尚在镇江知府任上。当时，南宋朝廷正在准备北伐。主持其事的宰相韩侂胄急于建立功勋以巩固自己的地位，不待条件成熟，就要命令出师。辛弃疾得知这一消息后，感慨良多。这首词就是通过怀古，来表达他既积极支持抗金北伐，又坚决反对轻率冒进的态度。

写下此词后不久，辛弃疾便又遭诬陷罢职，于同年初秋返回铅山瓢泉，结束了他一生的仕宦生涯。

句 解

千古江山，英雄无觅，孙仲谋处

在北固亭上，可以看见长江滚滚、大地苍茫。如此壮丽的山河，令辛弃疾心情激荡。他第一个想到的，就是曾经据守这片土地的三国英雄孙权。孙权是三国吴国国主，他十九岁继承父兄基业，奋发有为，北拒曹操，称霸江东。在他的经营下，吴国国势日强，终与魏、蜀鼎足而立。孙权曾建都京口（今江苏镇江），后迁都建康，仍以京口为重镇。

舞榭歌台，风流总被，雨打风吹去

千年之下，这位一代风流人物依然令辛弃疾感怀不已。然而，这样的英雄已经无处寻觅。他曾经驻留的歌舞亭台，他的雄才大略，他一手创立的丰功伟绩，都被风雨吹洗得无影无踪。

斜阳草树，寻常巷陌，人道寄奴曾住

对于早已消失在历史长河里的孙仲谋，辛弃疾找不到他的一丝痕迹，又转而寻找起另一位英雄人物。

普普通通的小巷，斜阳下草生树长，人们说这是"寄奴"曾经住过的地方。"寄奴"，南朝宋武帝刘裕的小字。刘裕先祖随晋室南渡，世居京口。后来刘裕于京口起事，率兵北伐，一度收复中原大片土地，又削平内战，取晋而称帝，建立了自己的政权，成就一代霸业。

想当年，金戈铁马，气吞万里如虎

东晋安帝义熙五年（410）、十二年（417），刘裕两次率晋军北伐，先后灭掉南燕、后秦，收复洛阳、长安，几乎克复整个中原。这几句描绘的，正是他北伐的情形。

在辛弃疾笔下，千年历史人物虎虎生威。透过纸背，我们似乎能看到刘裕正率领精兵强将，以锐不可当之势，驰骋于万里之地，直取中原。

辛弃疾颂扬孙权、刘裕，并不仅仅是羡慕他们的勇猛，欣赏他们的才略，更对他们抗击侵略者、保卫国家的伟业敬佩不已。他将孙权、刘裕放在一起，视为英雄，正是要表达自己抗击金兵、收复中原的雄心壮志。然而，好大喜功的当权者毫不理会他的意见，准备仓促北伐。这令辛弃疾忧心忡忡，因为深谙历史的他知道后果的严重。

元嘉草草，封狼居胥，赢得仓皇北顾

"元嘉"，南朝宋文帝的年号，宋文帝刘义隆系刘裕之子。"草草"，草率从事。"封狼居胥"，汉武帝元狩四年（前119），霍去病率五万骑兵远征匈奴，歼敌七万余人，在狼居胥山（今内蒙

古自治区五原县西北）筑台祭天，后来便用"封狼居胥"代指北伐立功。

元嘉年间，王玄谟屡次向宋文帝陈说征伐北魏之策，宋文帝心有所动，言"闻王玄谟陈说，使人有封狼居胥意"。元嘉二十七年（450），宋文帝命王玄谟北伐。由于准备不足，又冒险贪功，一败涂地。北魏军队乘胜追到长江北岸，声称要渡江。宋文帝登烽火楼北望，张皇失色，对轻率北伐深悔不已。

辛弃疾借宋文帝"草草"北伐终于惨败的历史事实，深切告诫韩侂胄等人，抗金北伐必须作好充分准备，不能草率从事，否则只会重蹈元嘉覆辙。然而，韩侂胄并没有听取他的忠告，于开禧二年（1206）仓促出兵，战败后于次年被诛，正中了辛弃疾"赢得仓皇北顾"的预言。

四十三年，望中犹记，烽火扬州路

"路"，宋朝行政区域以"路"划分，扬州属淮南东路，为此路首府。

对这几句的含义，存在两种不同解释。一种认为词人至此笔锋一转，从历史人物转向自己，从怀古转而伤今。"四十三年"，指辛弃疾于绍兴三十二年（1162）率众南归至开禧元年（1205）写下此词。"烽火扬州路"，指他当年从北归南，经扬州而到建康，一路浴血奋战，战火弥漫的情形。

另一种理解认为，"四十三年"是指宋孝宗隆兴元年（1163）张浚仓促北伐失败至开禧元年（1205）辛弃疾作此词之时。"烽火扬州路"指隆兴北伐失败后，金兵乘机渡过淮河，攻陷濠州、滁州而至扬州之事。

联系上下文意来看，后一种解释似更为可取。

可堪回首，佛狸祠下，一片神鸦社鼓

"佛狸祠"，北魏太武帝拓跋焘（小字佛狸）击败王玄谟北伐军队后，率追兵直达长江北岸的瓜步山（今江苏南京六合区境内），在山上建立行宫，后来改建为祠，称佛狸祠。

对岸佛狸祠下，竟响起一片祭祀鼓声，乌鸦闻声而来，争抢祭食。佛狸祠本是外族入侵的标志，人们却忘记了那场几百年前的侵略，将它变成了祭神的场所。

时间抹去了人们对国家、民族耻辱的记忆，多么可悲！这也正是辛弃疾痛心疾首、深深担忧之事。他担心北方沦陷区的百姓也会渐渐地忘记自己的国家和民族，安于异族统治。所以，失地必须早日收复，国家必须尽快统一！

凭谁问，廉颇老矣，尚能饭否

《史记·廉颇蔺相如列传》记载，战国时赵国名将廉颇，晚年遭人谗害而出奔魏国。后赵王欲起用他，先遣使者询问其健壮与否。廉颇当着使者的面，一顿吃下一斗米、十斤肉，又披甲上马，表示自己尚有余勇。

辛弃疾在词末以廉颇自比，表示自己虽然老了，但仍有雄心和胆力，仍希望参加抗金战斗，为国家效力。

当代学者叶嘉莹曾言："如果说要想在唐宋词人中，也寻找出一位可以与诗人中之屈、陶、杜相拟比，既具有真诚深挚之感情，更具有坚强明确之志意，而且能以全部心力投注于其作品，更且以全部生活来实践其作品的，则我们自当推崇南宋之词人辛弃疾为惟一可以入选之人物。"的确，稼轩词乃是辛弃疾生命最真实的体现。现实中他心系家国的情怀、抗敌救国的壮志、报国无门的悲愤，成为其词作中多次重复的主题，这首词也不例外。全词风格沉雄豪放而又悲慨苍凉。明人杨慎《词品》认为，辛词当以此篇为第一。

词中通篇用典，以至于当词人拿它出来让岳飞的孙子岳珂评点时，岳珂也委婉地说"新作微觉用事多耳"。此篇既为怀古之作，必会牵涉一些历史人物、事迹，用典不可避免。这些典故都经过词人精心选择，均为京口当地风光人物，切情切景，切时切事，绝无生拉硬拽、杂凑成篇之弊。加之有词人一股爱国激情在其中融会贯通，故用典虽多，却并不散乱。